가온의 숲사들 2

여름은 저물고

가온의 술사들 2

박에스더 글 · 먹는빵 그림

 비룡소

그때,
우리의 청춘은 유월의 바다처럼
푸르렀고 넘실거렸다.
경계에 서 있던 마음은
청춘의 바다를 내달려 끝까지도
갈 수 있을 것만 같았다.
그 끝에서 파도의 포말처럼
애달피 사라질 것이 무엇인지도 모르고.

차례

1학년 | 박강율

"난 지금 저들을 도와주어야 해."

주문을 만들어 술법을 완성하는 실현자. 스스로는 판을 열지 못한다.

1학년 | 이산영

"총통에게 가족을 잃는 건, 나만으로 족하니까."

술법에 필요한 힘을 퍼 오는 추출자. 가온 왕가의 유일한 생존자이다.

2학년 | 김종하

"그자가…… 나를 자랑스럽게 여긴다고?"

술력의 크기를 확장시키는 증폭자. 강율의 판을 대신 열어 준다.

총괄 교수 | 설록

"내가 가온에서 가장 위대한 술사였다는 걸 잊은 건 아니겠지?"

가온 최강의 술사이자 가온학사의 수장.

2학년 | 심미랑

"좋은 시간은 항상 빨리 흘러가기 마련이니까."

실현자. 강율의 기숙사 방장이며 가온 연구회 회원이다.

3학년 | 구안태

"뭐든 고민이 있다면 찾아와. 들어는 줄 수 있으니."

추출자. 미랑의 짝꿍 술사이며 가온 연구회 회장이다.

조교 | 민한희

"지금까지 가온학사를 지켜 온 건 다름 아닌 우리와 학사생들이에요!"

실현자. 보통의 술사들과 달리 짝꿍 없이 술법을 행할 수 있다.

김희원

"알다시피 난 후계자가 없거든."

가온 왕조를 무너뜨리고 정권을 잡은 총통. 현 가온의 최고 권력자.

김찬용

"그동안 가온학사를 너무 풀어 주었지."

총통의 친위대로 김희원의 큰 신임을 받고 있다.

모이환

"난 죽지 않았어. 이렇게 살아 있지."

총통의 친위대 소속이며 한때 설록의 동료 술사였다.

동희

"저는 그저 지나다가 농민 시위에 참가했을 뿐인데……."

강율의 고향 친구.

"바람으로 제련된 엷은 물그림자는 잔잔하게 일렁이고…" (p.42)

두루마리는 반절로 찢겨 있었다.
나비도, 모란도 모두 그의 손에서
조각이 나 버렸다. (p.80)

이상도 하지.
머리카락에는 아무 감각도 없다는데,
어째서인지 강율이 만지는 머리카락에는
신경이 끝까지 뻗어 있는 것처럼 생생하기만 했다. (p.140)

먼 훗날, 여름에 대한 기억을
떠올리라고 한다면
지금 이 광경을 가장 먼저
생각할 것 같았다. (p.161)

◦ 강율과 산영은 가온학사 입학시험을 위해 틈*에 들어갔다가 위험에 빠진다. 2학년생 종하는 이들을 구하려 판**을 열고 술법을 사용하지만, 판에서 자신을 꺼내 줄 짝꿍***이 없어 그 자리에서 죽어 간다. 이에 강율이 엉겁결에 그를 판에서 끌어내 목숨을 구한다.

◦ 다른 신입생들과 달리, 아무리 노력해도 판이 열리지 않는 강율. 그 이유가 종하를 구하면서 판을 열 능력을 영영 잃었기 때문임이 밝혀지자, 강율은 물론 강율과 짝꿍이 되려던 산영, 원인을 제공한 종하 모두 큰 충격에 빠진다.

◦ 정체 모를 마수들의 습격을 받는 세 사람. 그러나 누구도 술법을 쓸 수 없다. 이때 종하는 평생 강율의 판을 열어 주겠다며 짝꿍 맺기를 청한다. 절체절명의 순간에 짝꿍이 된 강율, 종하, 산영은 즉시 술법을 펼쳐 마수를 물리친다.

---

* 틈: 이계로 통하는 구멍으로, 술력이 샘솟는 곳.

** 판: 술사가 술법을 행하는 범위. 술사는 자기만의 고유한 주문인 '여는 소리'로 판을 열며, 술사의 역량과 특징에 따라 판의 모양과 크기는 달라진다.

*** 짝꿍: 술사는 보통 추출자와 실현자가 서로의 짝꿍이 되어 함께 술법을 펼친다. 짝꿍은 유일하게 서로의 판을 볼 수 있으며, 판을 열고 술법을 사용한 뒤에는 반드시 짝꿍의 도움을 받아야 판에서 나올 수 있다.

제1장

특별 수업

✿ 1 ✿
증폭자의 짝꿍

기숙사 방문에 손을 댄 강율이 저도 모르게 숨을 깊게 들이마셨다.

밖으로 나가고 싶지 않았지만, 더 늑장을 부렸다가는 지각을 면치 못할 터였다. 어쩔 수 없이 문을 열었다.

"어, 저기 저 애가……."

기숙사 복도에 서 있던 누군가가 강율을 알아보았다.

그날, 틈 안의 마수를 없앤 이후 가온학사 안에서 강율을 대하는 사람들의 시선은 꽤 달라졌다. 게다가 증폭자인 김종하가 신입생들과 짝꿍이 되었다는 이야기까지 함께 퍼지면서 강율은 좋든

싫든 사람들의 주목을 받아야 했다.

"맞아, 김종하와 짝꿍이 된 그 애로군."

"그런데 혼자서 판도 열질 못한다지?"

"설 교수님이 직접 가르치신다던데. 판도 열지 못하는 술사가 무슨 일이람."

1층으로 내려가는 내내 사람들의 수군거림이 귀에 밀려 들어왔다. 이어지는 이야기야 뻔했다. 도대체 무슨 수로 판도 열지 못하는 신입생이 증폭자 짝꿍을 차지했으며 앞으로 어떻게 될지에 대한 걱정과 비난이 섞인 말들. 증폭자와 짝꿍이 된 값을 치르는 거라 생각하자고 마음을 먹었지만 아직까지는 영 적응이 되지 않는 이야기들이었다.

강율은 아무것도 듣지 못한 척, 걸음을 옮겼다. 그러곤 최대한 사람이 많이 다니지 않는 뒷길을 통해 교실로 향했다.

철컥.

"강율!"

문이 열리는 것과 함께 산영의 목소리가 들렸다. 산영 뒤로 종하의 모습도 보였다. 그제야 강율이 겨우 미소를 지었다.

"좋은 아침일세."

강율의 인사에 산영이 시간을 확인했다.

"좀만 더 늦었으면 정말 지각이야. 이거 아무나 받을 수 없는 설 교수님의 개인 수업이라는 거 알고 있지?"

"당연히 알고 있지. 그렇지 않아도 어젯밤 늦게까지 교수님께서 내주신 숙제를 하는 바람에 늦잠을 잔 거라고."

"그래? 어때, 주문을 다 만들긴 했나?"

그렇게 묻는 건 종하였다. 강율이 자신 없다는 투로 대답했다.

"만들긴 했는데……."

"주제가 난해하긴 했지. 햇살의 각도를 바꾸라는 거였던가?"

"맞아."

옆에서 산영이 투덜댔다.

"햇살의 각도를 바꾸라니. 도대체 그걸 어떻게 하라는 거야?"

종하 역시 고개를 살짝 저으며 말했다.

"햇살의 각도를 바꾸라는 건 곧 태양의 위치를 옮기라는 뜻이지 않나. 하지만 아무리 위대한 술사라고 해도 감히 태양을 건드릴 수는 없는걸."

그 말에 강율이 한숨을 푹 내쉬었다.

"내 말이 그 말일세. 하지만 설 교수님께서 이렇게 시간을 빼서 직접 우리를 가르쳐 주시는데, 어렵다 쉽다 불평할 수는 없지."

산영이 강율의 어깨를 두드렸다.

"걱정 말게, 강율. 내가 추출자의 명예를 걸고 전폭적으로 지원해 주지. 나만 믿으라고!"

자신감 넘치는 산영의 말에 종하가 코웃음을 쳤다.

"실습하면서 몇 번이나 자네의 판이 어긋난 건 알고 하는 말이지?"

산영이 눈썹을 확 찌푸리며 되물었다.

"뭐라고?"

"맞잖아. 지금 계속해서 실습에 실패하고 있는 게 누구 때문인데. 이래서야 원……."

종하가 산영을 내려다보고는 말을 이었다.

"그때 마수들을 없앤 건 우연이라는 소문이 돌겠어."

산영이 어이없다는 투로 입을 열었다.

"자네가 옆에서 내 성질을 계속 긁었잖아. 그래서 집중력이 떨어진 거라고!"

"내가 성질을 긁었다고? 말도 안 되는 소릴. 게다가 그렇게 떨어질 집중력이면 진짜 위급한 상황에서는 도대체 어쩌려는 건가? 사람들의 이목이 우리에게 쏠려 있다는 건 알고 있지? 그런데 우리가 설 교수님의 수업에서 아무것도 하지 못한다는 걸 알면 사람들이 얼마나 비웃을지 모르겠군."

"김종하!"

산영이 종하의 멱살을 잡기 전, 강율이 재빨리 둘 사이를 파고 들었다.

"둘 다 그만하게! 계속 이러면 오늘 수업은 못 하겠다고 설 교수 님께 말씀드리는 수밖에는 없어!"

강율의 말에 종하가 먼저 어쩔 수 없다는 듯 한 발 뒤로 물러 섰다. 산영도 어깨를 으쓱였다. 그런 둘을 바라보며 강율이 한숨 을 내쉬었다. 짝꿍이 된 게 신기할 정도로 둘은 잘 맞지 않았다. 설 교수의 수업 때도 둘이서 으르렁거리는 걸 강율이 나서서 말 린 게 한두 번이 아니었다. 앞으로도 넘어야 할 산이 많아 보였다.

"오늘은 안 싸울 거지? 약속하게."

강율의 말에 둘이 겨우 고개를 끄덕였다. 그때 교실 문이 열리 고 설 교수가 들어왔다.

"다들 모였나? 오늘은 야외 실습장에서 수입을 진행할까 하는 데."

셋의 대답을 듣지도 않고 설 교수가 바로 야외 실습장으로 통 하는 문을 열었다. 바람이 불어오자 설 교수의 검은 머리칼이 마 치 지옥에서 올라온 까마귀의 날갯짓처럼 휘날렸다.

"다들 나오지."

설 교수의 말에 셋은 얼른 야외 실습장으로 향했다. 설 교수의 서늘한 눈동자가 강율, 그리고 뒤따라오는 산영과 종하를 훑었다.

틈 안을 빠져나온 마수들, 그리고 어쨌든 그것을 처리한 세 명. 가온 학사 안에서 시작한 셋의 소문은 곧 가온 시내로 퍼졌다. 간단히 말해서 지금 저 셋은 일반 사람들에게 가장 유명한 술사들이었다. 그리고 그건 곧 가온학사의 평판이 이 셋에게 달려 있다는 말이기도 했고.

그렇기에 그들이 짝꿍을 맺었다고 했을 때 가장 먼저 걱정한 사람은 다름 아닌 설 교수였다.

"그래, 저번보다는 좀 더 합을 맞춰 왔겠지?"

"노력은…… 하고 있습니다."

강율의 대답에 설 교수가 한쪽 눈썹을 살짝 들어 올렸다.

"노력 정도로는 되지 않는다는 걸 잘 알고 있을 텐데?"

뼈아픈 말이었다. 설 교수가 천천히 말을 이었다.

"자네들은 다른 술사들보다 짝꿍을 구성하는 인원이 하나 더 많지. 그것만으로도 이미 술법을 펼치는 게 까다로운데 거기에 판을 대신 열어 줘야 하는 단점까지 있으니."

설 교수의 말에 강율이 입술을 깨물었다.

자신이 한 사람의 몫을 할 수 없다는 게 이렇게 힘든 일인 줄 몰랐다. 하지만 이미 짝꿍까지 결성한 이상, 뒤로 물러날 수는 없었다.

'이제는 최선을 다해 뭐라도 하는 것밖에는 없지.'

강율이 그런 생각을 하며 설 교수를 바라보았다.

그나마 믿을 만한 구석은 설 교수뿐이었다. 자신의 판을 열 수도 없는 강율이 이 안에서 조금이라도 제 역할을 하려면 산영과 종하가 끌어다 주는 힘을 제대로 사용할 수 있는 주문을 만들어야 했다.

산영과 종하가 아무리 커다란 힘을 전해 준다고 해도, 마지막으로 강율이 그것을 잘 이용할 수 있는 주문을 만들지 못하면 말짱 도루묵이었다.

아마 설 교수도 그걸 잘 알고 있기에 이렇게 먼저 개인 교습을 해 주겠다고 나섰을 것이다. 강율은 이 기회를 놓칠 생각이 없었다. '언어의 대가'라고 불리는 설 교수의 개인 교습을 받을 수 있는 사람은 그리 많지 않았다.

그래서 설 교수에게 교습에 대한 제안이 왔을 때, 하겠노라고 덜컥 응해 버린 것이다. 물론 생각보다 훨씬 더 힘들었다. 어느 정도 술법에 익숙한 종하나 산영과는 다르게 강율은 완전히 초짜였으니까.

모든 걸 하나씩 몸으로 부딪쳐 가며 익히는 수밖에는 없었다. 다른 신입생들이 일 년을 들여 배울 것들을 강율은 고작 한 달 안에 전부 배워야 했다. 잠을 줄여 가며 기본 주문들을 외우고 익히고 분석했다. 거기에 자신만의 새로운 주문들을 만들어 냈다. 쉬엄쉬엄하라는 이야기도 들었지만 강율은 그럴 수가 없었다. 어쩔 수 없이 조바심이 들 수밖에 없었다.

적어도 자신의 짝꿍인 산영과 종하 앞에 서기에 부끄럽지 않은 술사가 되는 것. 그것이 강율의 첫 번째 목표였다. 그리고 조금이라도 더 빨리 그 첫 번째 목표를 이루고 싶었다.

게다가 산영과 종하는 위험한 일을 하고 있다. 둘은 반총통파 활동에 몸을 담고 있으니까. 자신이 술사 역할을 제대로 할 수 있다면 만약의 상황에서 둘을 좀 더 안정적으로 지켜 줄 수 있었다.

신문에 반총통파 사람들이 잡혀갔다는 기사가 실릴 때마다 심장이 덜컥 내려앉는 기분이었다. 무서웠다. 그래, 정말로 무서웠다.

혹시라도 무슨 일이 생겨 산영과 종하를 잃게 될까 봐.

짝꿍이 생긴다는 건 이런 감정까지 모두 짊어져야 하는 일이었다. 완벽히 들어맞는 조각을 찾았다는 안도감, 그러나 혹시라도 그 조각들을 잃어버릴까 노심초사하는 마음까지 전부 떠안아야 했다.

지킬 것이 생기니 두려운 마음도 커졌다.

강율은 자신의 벗들을 위해 제가 무엇을 할 수 있을지 아직 감을 잡지 못했다. 하지만 적어도 그들이 위험에 빠진다면 자신이 도와줄 수 있기를 바랐다.

그러니, 그들을 위해서라도 술법을 해내야 했다.

✤ 2 ✤
햇살의 각도를 바꾸는 주문

"자, 그럼 어제 하던 걸 이어서 해 보도록 하지."

설 교수의 말에 강율이 고개를 끄덕였다. 강율의 눈짓에 종하
와 산영이 각자의 울채를 꺼내 들었다.

설 교수가 뒤로 물러나 날카로운 눈으로 셋을 바라보았다. 울채
를 꺼내고 여는 소리를 준비하는 세 아이들을 지켜보는 설 교수
의 시선엔 복잡한 마음이 어려 있었다.

조급한 마음은 강율에게만 있는 게 아니었다.

'갑자기 개인 교습은 왜 하신다는 거예요?'

그렇게 묻던 민한희 조교의 목소리가 설 교수의 귓가에 다시

한번 울렸다.

'교수님께서 이렇게 나서신 적 없잖습니까. 마수를 물리쳤다고 해도, 저 애들은 신입생들에 불과해요. 그런데 갑자기 왜요?'

그렇게 묻던 민한희의 얼굴에는 불안감이 깃들어 있었다. 민한희의 타고난 직감이 얼마나 정확한지는 설 교수 역시 잘 알고 있었다. 그러니 민한희도 똑같은 걸 느끼고 있을 거였다. 잠자코 대답을 하지 않는 설 교수를 보며 민한희는 어쩔 수 없이 고개를 끄덕였다.

'교수님 역시 뭔가를 느끼신 거겠죠. 알겠습니다. 수업은 준비하도록 하지요. 하지만 저는 불안해요, 이 모든 게.'

둘 다 감지하고는 있었다. 지금 이게 뭔지 정확히 짚어 낼 순 없지만 무언가가 변하고 있다는 걸.

거대한 흐름. 인간은 거스를 수 없는 시간. 결국은 흘러 도달할 무언가.

새 시대의 태동인지, 아니면 종말을 예고하는 기운인지 아직 알 수 없었다. 하지만 그게 무엇이든 준비를 해야겠다는 생각이 들었을 뿐이었다.

"준비라……."

어쩌면 이 시대가 저 아이들을 부른 건지도 모른다.

그렇다면 학생들을 가르치고 길러 내는 설 교수 자신이 할 수 있는 건, 어떤 일이 닥친다고 해도 저들이 최대한 스스로를 보호할 수 있도록 모든 것을 다 알려 주는 것뿐이었다.

"……고요의 껍질을 찢어라!"

산영과 종하에 이어, 마지막으로 강율의 여는 소리가 야외 실습장에 울려 퍼졌다. 그와 함께 새로운 판 하나가 펼쳐졌다. 종하에게서 시작된 판이 곧 강율의 발아래 드리워졌다. 종하가 연 판을 뜻대로 사용할 수 있게 되기까지 꼬박 몇 날 며칠이 걸렸다. 하지만 연습한 만큼 이제는 어느 정도 자유롭게 판을 빌려 사용할 수 있게 되었다.

종하의 판이 아득한 지평선을, 그리고 산영의 판이 무지갯빛 비눗방울 같은 막을 만들어 내는 걸 강율이 확인했다.

'좋아.'

강율이 연습한 대로 종하에게서 빌려온 자신의 판이 움직이는 것을 느꼈다. 그리고 천천히 판의 범위를 넓혔다.

다들 숨을 죽이고 강율의 판을 바라보았다. 강율이 최대한 집중한 상태로 판을 조금씩 움직였다. 판을 열고 움직이는 것은 술사의 기본 소양이었다. 하지만 이제 술법에 대해 배우기 시작했고 판까지 빌려 쓰는 강율에게는 그조차도 버거웠다.

마수를 없앴을 때 느꼈던 그 힘과 떨림은 전부 꿈이었나 싶을 정도로 모든 게 다 제대로 움직여 주지 않았다.

'술법을 펼치는 것도 이해하고 길을 들여야 하는 거지.'

강율은 설 교수가 언젠가 해 주었던 말을 떠올렸다.

틈에서 힘을 빼 오고 판을 펼치고 술법을 일으키는 모든 행위들은 보통의 감각들과는 전혀 달랐다. 그건 마치 땅 위에서 달리고 뛰는 사람이 물속에서 달리고 뛰어야 하는 것과 비슷했다. 물속에서 달리기 위해선 일단 물에 들어가는 법과 그 안에서 숨을 어떻게 쉬어야 하는지 알아야 하는 것처럼 술법 하나를 일으키기 위해선 그 전에 익혀야 할 것들이 많았다.

'천천히.'

율채인 은장도를 쥐고 있는 손에선 자꾸 땀이 났다. 하지만 어제도 강율의 판이 제대로 겹치질 않아 그다음 진도를 나갈 수가 없었다.

숨을 한번 가다듬은 강율이 정신을 집중했다. 종하와 산영이 만들어 낸 판의 세계로 자신의 것을 부드럽게 끼워 넣으면 된다.

은장도 끝에 달려 있는 붉은색 술이 가볍게 떨려 왔다. 더 넓게, 더 넓게.

"아."

강율의 눈이 조금 커졌다. 서 있던 산영과 종하 역시 됐다는 듯 고개를 끄덕였다.

지평선 같은 종하의 판, 하늘과 같은 산영의 판, 그리고 그 사이를 메운 강율의 판. 세 개의 판이 일렁이며 겹쳐졌다.

"됐어!"

저쪽에서 산영이 소리쳤다. 하지만 문제는 그다음이었다.

산영이 저 멀리 서 있는 설 교수를 바라보았다. 설 교수가 계속 진행하라는 듯 고개를 끄덕였다.

"그럼…… 시작한다?"

그 말과 함께 산영이 눈을 감았다. 틈에 사이를 내고 거기서 술력을 추출해 오는 것 자체는 산영에게 어려운 일이 아니었다. 하지만 지금은 조금 달랐다. 처음으로 세 명이서 제대로 합을 맞춰보는 자리이기도 했고 아직 신참인 강율이 견뎌 낼 수 있을 정도로 적은 힘을 추출해야 했다.

'이 편이 더 까다로운걸.'

그렇게 생각하면서도 산영의 입술 끝에는 미소가 맴돌았다.

너무 쉬우면 오히려 재미가 없다. 이 정도의 난관은 있어야 산영의 구미를 당길 수 있었다.

산영이 삼작노리개를 손가락에 걸어 놓은 채 아래로 툭 떨어뜨렸다. 그러자 노리개의 긴 술이 흔들리기 시작했다. 산영의 울채인 노리개는 오직 술력을 머금은 틈 안의 바람에만 반응했다. 노리개의 움직임으로 틈의 방향을 확인한 산영이 노리개에 달려 있는 진주 구슬을 살폈다. 엷은 진주 위로 어룽거리는 틈의 기운이 보였다.

휘익.

산영이 입술을 모아 가볍게 휘파람을 불었다.

그러자 그 바람을 따라 틈 안에서 술력이 빠져나왔다. 술력을 추출하는 방법은 추출자마다 달랐다. 누군가는 틈을 무턱대고 찢어 술력을 빼 오기도 했고, 비처럼 쏟아져 내리게도 했다. 가지각색의 방법들 사이에서도 산영의 방법은 조금 특이하다는 평을 받았다.

휘파람을 따라 빠져나온 술력이 산영의 손에 실타래처럼 고스란히 내려앉았다. 산영이 이를 얼른 종하에게 흘려보냈다. 틈에서 빼 온 술력은 순서대로 추출자에게서 증폭자로, 그리고 마지막으로 실현자에게 전해진다.

훅.

하지만 이어지는 움직임은 산영이 예상하지 못한 거였다.

"뭐야……?"

분명 흐름을 따라 종하에게 넘겼건만 틈에서 빼 온 힘이 제대로 움직이지 않았다. 마치 종하를 거부하는 듯 실처럼 풀린 힘이 계속 다른 쪽으로 향했다. 그걸 본 종하의 표정이 찌푸려졌다.

"산영! 지금 장난하는 건가?"

"지금 내가 장난하는 것처럼 보여? 김종하, 너야말로 왜 내가 주는 힘을 못 받고……."

쾅!

커다란 소리와 함께 셋이 뒤로 나동그라졌다.

"강율! 괜찮아?"

산영이 가장 먼저 강율이 서 있던 쪽으로 고개를 돌렸다. 강율이 머리를 손으로 감싼 채 자리에서 일어나는 게 보였다.

"난 괜찮네만……."

문제는 넘어진 것 따위가 아니었다. 강율이 한숨을 폭 내쉬었다. 겨우 겹쳐 두었던 판이 완전히 어긋나 있었다. 종하에게서 빌려 온 강율의 판은 아예 사라졌고.

"힘을 추출하는 것부터 문제인 건가?"

설 교수가 다가오며 묻자, 산영이 벌컥 짜증을 냈다.

"제 문제가 아닙니다! 종하, 이 녀석이 힘을 받으려고 하질 않아서……."

"그게 무슨 말인가? 말은 똑바로 해야지. 내가 받지 않은 게 아니라 자네가 힘을 제대로 건네주질 않은 거잖나! 올바른 추출자라면 힘을 건네주는 것까지 제대로 마쳐야 한다고 배우지 않았던가?"

"뭐라고? 지금 내가 제대로 된 추출자가 아니라고 말하는 거야?"

둘의 언성이 높아졌다. 그 모습을 본 강율이 짧은 한숨을 쉬었다. 하루에도 몇 번씩 이렇게 부딪치곤 했다.

"둘 다 그만해!"

강율의 외침에 산영과 종하가 아차 싶은 표정을 지으며 입을 다물었다.

"지금 교수님 앞에서 이런 모습을 보이고 싶은 겐가?"

"……송구합니다, 교수님."

종하가 먼저 설 교수에게 고개를 숙였다. 옆에 선 산영도 꾸벅 고개를 숙였다. 설 교수가 손을 내저었다.

"지금 가장 답답한 건 자네들일 테니, 이 정도는 봐주도록 하지. 하지만 다음은 없어. 알겠나?"

셋 다 입을 다문 채 고개를 끄덕였다. 그런 셋을 보던 설 교수가 손으로 턱을 쓰다듬다 입을 열었다.

"물론 자네들의 경우가 일반적이지는 않지. 본디 짝꿍이라는 것은 서로의 마음과 성격을 전부 확인해 보고 맺는 것인데⋯⋯. 자네들이 짝꿍을 맺은 것은 어떤 운명의 작용이 있었다고 생각하네. 그러나 그 운명을 어떻게 꽃피울 수 있는지는 자네들에게 달려 있네."

운명을 꽃피우는 법.

"물론 난관이 있을 거라고 예상은 했지만 고작 술법 한번 펼치는 데에도 이렇게 오랜 시간이 걸린다면 아마 앞으로는 더더욱 힘들어질 걸세."

잠깐 고민하던 설 교수가 말을 이었다.

"다시 한번 해 보지. 이번엔 산영, 자네가 추출한 힘을 종하가 아닌 강율에게 먼저 넘기도록 하게."

그 말에 산영이 무슨 소리인지 모르겠다는 듯 눈을 깜박였다.

"강율에게요? 하지만 술법을 전개할 때 순서에 따르면 저 다음으로는 증폭자인 이 녀석에게 주어야 하는데⋯⋯."

"순서는 그렇지. 하지만 자네들은 지금 그게 안 되고 있잖나. 지금 계속해서 술법이 완성되지 않는 것도 서로에 대한 껄끄러움이 판 안에서 더욱 선명하게 부딪쳐 생기는 현상 같거든. 그러니 중간에 강율을 거친다면 좀 더 낫지 않을까 싶어서. 강율, 자네는 어떤가? 할 수 있겠나?"

설 교수의 물음에 강율이 얼른 대답했다.

"한번 해 보겠습니다."

"좋아. 그럼 그 방식으로 다시 한번 해 보지."

"네!"

셋이 한목소리로 대답하고는 각자 자신의 위치로 돌아갔다. 강율은 자신의 양옆에 서 있는 짝꿍들의 얼굴을 한 번씩 바라보았다. 종하와 산영도 강율을 향해 고개를 끄덕였다.

김종하, 그리고 이산영.

가온 학사에 들어오지 않았다면 아마 평생 옷깃 한 번 스칠 일 없이 살았을 이들이 이제는 서로의 인생에 가장 중요한 사람이 되었다.

가장 슬플 때나 가장 기쁠 때나 늘 옆에 있어 줄 그런 사람.

그러니 최선을 다할 생각이었다. 적어도 강율 자신의 존재가 둘에게 족쇄가 되지 않기를 바랐으니까.

"이 세상 한판 신나게 놀아 보세!"

"그것은 내가 너의 죽음까지도 사랑하는 까닭이다."

둘의 판이 열렸다. 강율 역시 종하가 연 판을 빌려 왔다. 느낌이 나쁘지 않았다.

"고요의 껍질을 찢어라!"

마지막으로 강율의 여는 소리까지 떨어지자 아까보다는 좀 더 자연스럽게 셋의 판이 겹쳐졌다. 산영이 술력을 추출한 뒤, 강율을 보았다. 준비됐느냐는 산영의 눈빛에 강율이 고개를 끄덕였다. 그러자 곧 산영의 휘파람을 따라 틈 안에서 빠져나온 술력이 강율에게 흘러왔다.

샥.

"아야!"

정제되지 않은 술력이 날카로운 실톱처럼 움직여 강율의 손가락 끝에 상처를 냈다. 손끝에서 붉은 피가 뚝뚝 흘렀다. 마치 네가 나를 제대로 다룰 수 있겠느냐고 묻는 듯한 느낌이었다.

"강율, 힘들다면 다시……."

"아니!"

산영의 걱정을 단칼에 거절한 강율이 제 주변을 맴도는 술력을 바라보았다. 여기서 물러나면 술력을 제대로 다룰 수 없을 것 같다는 생각이 들었다.

바람결처럼 나부끼는 술력의 실타래를 잠깐 쳐다보던 강율이 결심했다는 듯 손을 뻗었다.

"강율!"

종하까지 걱정스러운 목소리로 외쳤다. 하지만 강율은 눈 하나 깜빡이지 않았다. 그저 곧은 눈으로 제 손에 잡힌 술력의 실타래를 바라볼 뿐이었다.

요동을 치는 술력의 움직임에 주먹 쥔 강율의 손을 따라 핏방울이 아래로 떨어졌다. 하지만 강율의 얼굴엔 어떤 고통의 흔적도 없었다. 다만 지금 이걸 해결해야 한다는 의지만이 가득했다.

"네 힘을 빌려줘. 난 그게 필요해."

강율이 속삭였다. 그러자 손 안에서 난리를 치던 술력의 움직임이 조금 약해졌다. 강율이 그 순간을 놓치지 않고 술력의 실타래를 자신의 울채인 은장도로 싹둑 잘라 냈다.

"종하!"

곧바로 그것을 종하 쪽으로 보냈다. 자신이 보내기만 한다면 종하가 다음은 알아서 해 줄 거라는 믿음이 있었다.

"받았어!"

종하는 강율이 보낸 술력을 제 몸에 바로 흡수시켰다. 술력은 산영의 불같은 면모와 함께 강율의 단단한 심지를 닮아 있었다.

추출자나 실현자와는 크게 다른 증폭자만의 특징은 바로 술법을 사용하는 데 있어서 자신의 몸을 직접적인 매개체로 이용해야 한다는 점이었다. 그렇기에 술법을 사용하는 것이 술사의 몸에 더욱 부담이 되었다.

따라서 증폭을 하기 전에 이런저런 걱정이 들 수밖에 없다. 만약 추출자가 추출한 술력이 자신의 가용 범위를 넘었다면, 혹은 몸 안에 들어온 술력이 갑자기 요동을 친다면, 자신이 제대로 증폭시키지 못한다면, 증폭시킨 술력이 만약 자신까지 먹으려고 든다면 등등.

그러나 지금은 아무 걱정도 들지 않았다. 그저 강율에게 자신의 흔적까지 묻은 이 술력을 전해 주고 싶은 마음뿐이었다.

종하의 몸에 들어온 술력이 실낱같이 가느다란 줄기에서 시작해 점차 으르렁거리는 소리를 내며 커다랗게 내달렸다.

온몸의 혈관에 불을 지핀 듯한 느낌이었다. 잘 마른 들판을 순식간에 먹어 치우는 불길이 점점 더 크게 일어났다.

그리고 마침내.

"강율!"

종하가 부르는 그 이름은 하나의 주문처럼 들렸다. 종하가 증폭한 술력이 겹쳐진 세 사람의 판을 가득 채웠다. 종하가 마음속으로 속삭였다.

'강율, 이제 보여 줘. 네가 바라보는 세상을.'

판 안을 가득 채운 술력을 느낀 강율이 종하를 향해 고개를 끄덕였다. 드디어 모든 준비가 끝났다. 강율이 숨을 들이마셨다.

지금까지 강율이 성공한 주문은 마수를 없앨 때 썼던 것뿐이었다. 나중에 설 교수는 강율이 만든 주문을 보고는 너무 위험했다며 다시는 사용하지 말라고 단단히 혼냈었다. 폭발적인 힘을 낼 수는 있었지만 그만큼 술사들에게 되돌아오는 타격이 클 수도 있다면서.

그래서 개인 교습 시간에 설 교수가 강율더러 만들어 오라고 한 주문들은 전부 기묘한 것들뿐이었다. 예를 들어 새들의 노랫소리를 섞어서 암호문 같은 주문을 만들어 오라거나, 혹은 다 짠 베를 짧은 시간 안에 전부 다 풀 수 있는 주문을 지어 오라는 것 등. 산영이나 종하도 그런 종류의 주문은 한 번도 만들어 본 적이 없었다.

종하가 걱정스러운 기색을 얼굴에 비치지 않으려 애쓰며 강율이 있는 쪽을 바라보았다. 이제 나머지는 전부 강율에게 달려 있었다. 실현자는 술법의 특징을 좌우하는 가장 핵심적인 인물이었다. 실현자가 어떤 주문을 사용하느냐에 따라 많은 것이 갈렸으니까.

설 교수가 저 멀리서 내리쬐는 쨍한 햇볕을 바라보았다. 이번 수업에서 설 교수가 강율더러 짜 오라고 한 술법은 햇살의 각도를 바꾸는 술법이었다.

'이제 네가 원하는 대로 한번 펼쳐 봐.'

종하가 속으로 그렇게 속삭였다.

그런 종하의 속삭임을 들은 건지, 강율이 울채를 들어 올렸다. 그러곤 만들어 온 주문을 작게 외웠다.

"내리는 것은 하염없는 햇살이었다."

둥실.

주문을 외우기 시작한 강율의 옷자락과 머리칼이 허공에 뜨기 시작했다. 옷자락만이 아니었다.

"……이슬을 곱게 체에 걸러 짜 맞추는 거울의 환영."

"바람으로 제련된 엷은 물그림자는 잔잔하게 일렁이고, 그 아래를 노니는 연꽃의 발자국."

강율이 외우는 주문에 따라, 곧 주변의 흙과 풀에 스며들어 있던 물방울이 공중으로 떠올랐다. 어제 내린 비로 흙이 푹 젖어 있던 탓에, 뽑혀 나온 물들은 강율의 머리 위를 가리기 충분했다. 물방울들이 곧 허공에 커다란 덩어리를 이루었다.

커다랗게 모인 물방울이 곧 허공 위로 얇게 퍼졌다. 물로 만든 유리막처럼.

강율이 주문을 외우는 모습을 보던 종하가 저도 모르게 속삭였다.

"물 아래……."

물로 만든 막이 강율의 머리 위에 펼쳐지자 그 아래 있던 그림자가 천천히 움직였다. 그제야 강율이 어떤 주문을 만들어 낸 건지 모두가 깨달았다.

"햇살의 각도를 바꾸는 것."

그게 설 교수가 낸 과제였다. 그리고 햇살의 각도를 보여 주는 건 물체의 그림자.

빛은 물 안에서 공기와는 다른 각도로 움직인다. 그렇기에 강율은 자신의 머리 위에 물의 장막을 펼쳐 이쪽으로 쏟아지는 햇살의 각도를 바꾸었고 그걸 자신의 그림자로 증명해 냈다.

"강율."

종하가 강율의 이름을 되뇌었다.

주문을 외우던 강율의 몸도 땅에서 살짝 떠올랐다. 종하도, 산영도 그 모습을 멍하니 바라보았다. 허공에 뜬 채 머리칼을 날리며 이쪽을 보는 강율의 얼굴에 미소가 퍼졌다.

'어쩌면.'

그때 종하는 생각했다.

어쩌면 이 광경은 영영 자신의 기억 속에 남아 있을지도 모르겠다고.

종하와 산영이 만들어 낸 판 안에서 세상을 재창조한 강율의 눈은 별똥별처럼 빛났다. 그렇게 물의 장막을 휘광처럼 두른 채 반짝이는 강율의 모습은, 있는 그대로 아름다웠다.

달라진 그림자의 방향을 가리키며 강율이 뿌듯한 목소리로 외쳤다.

"설 교수님! 어떻습니…… 으악!"

쏴아!

그러나 강율이 입을 떼자마자 물의 장막이 무너져 버리고 말았다. 쏟아져 내린 물에 강율만 흠뻑 젖은 생쥐 꼴이 되었다.

"마지막까지 집중력을 잃지 말았어야지. 마음을 놓아 버리니까 이렇게 되는 거 아닌가."

설 교수의 목소리였다. 강율이 얼굴의 물기를 훔쳐 내며 물었다.

"그래도! 교수님이 내신 과제의 목표는 달성한 거지요?"

설 교수가 턱을 쓰다듬으면서 대답했다.

"흠. 뭐, 나름대로 머리를 쓰긴 했군. 허공에 물을 띄워 햇살의 각도를 바꿀 줄이야. 마무리가 미흡하긴 했지만 이 정도는 성공으로 봐 주겠네."

"와!"

자신에게 다가온 종하와 산영의 손을 잡고 강율이 활짝 웃으며 자리에서 방방 뛰었다.

"그렇게 좋아?"

역시 웃으면서 묻는 산영을 보며 강율이 당연하지 않느냐는 듯 고개를 끄덕였다.

"좋지! 우리가 처음으로 진짜 마음을 맞춰서 만들어 낸 술법인데!"

우리가 만들어 낸 술법.

그 말이 셋의 마음에 녹아들었다.

"뭐든지 처음이 제일 어려운 법이지. 이렇게 셋이서 의식적으로 합을 맞추는 방법을 배웠으니 이제 더 자연스럽고 빠르게 술법을 사용하는 것만 익히면 될 것 같군. 물론 강율, 자네는 좀 더 주문을 안정적으로 만드는 법을 배워야겠지만."

설 교수가 쫄딱 젖은 강율을 쳐다보았다.

"그래도 문제를 해결하는 신선한 방식과 시각은 인정해 주지. 그건 실현자로서 꼭 가져야 할 덕목이거든."

"저, 정말이요?"

기대하지 않았던 설 교수의 칭찬까지 듣자 강율의 얼굴이 붉게 달아올랐다. 그동안 열심히 노력해 온 것이 보상받는 기분이었다.

"하지만 아직 부족한 점들도 있어. 실현자가 사용할 수 있는 주문은 많으면 많을수록 좋으니 매주 주제에 맞는 주문을 만들어 제출하는 건 계속하도록 하게. 그리고 일주일에 한 번은 지금처럼 실습 시간을 갖도록 하자고."

"네, 알겠습니다!"

셋을 보며 설 교수가 턱을 쓸었다.

"제일 좋은 건 실전 상황에서 주문을 써 보는 거긴 한데."

그때 뒤에서 누군가 설 교수를 불렀다.

"교수님!"

민한희였다.

"어디 계시나 했더니. 한참을 찾았잖아요."

"왜. 무슨 일인데 그러나?"

"이사장님께서 찾으십니다. 아무래도 부탁하실 일이 있으신 듯해요."

"간만에 귀국인데도 이사장님께서는 할 일이 많으시군. 곧 있을 축하연 때문인가?"

"아마도 그런 듯합니다."

"이사장님의 부탁이라면 당연히 도와드려야……."

거기까지 말하던 설 교수가 잠깐 말을 멈추곤 뒤에 있던 셋을 돌아보았다. 뭔가를 가늠해 보는 눈빛으로 잠깐 셋을 보던 설 교수가 고개를 끄덕였다.

"그렇다면 자네들도 지금 나와 함께 가지."

"네? 교수님과 함께 어디를요……?"

"이사장실."

♪ 3 ♪
총통의 축하연

앞장선 설 교수의 뒤를 따라 셋은 커다란 복도를 가로질렀다. 그건 가온학사 본관으로 이어진 복도였다. 본관에는 이사장실과 교수진을 위한 회의실 등이 전부라 학사생은 올 일이 없는 곳이었다. 그동안 한 번도 본 적 없는 이사장이 왜 갑자기 설 교수를 찾는지, 그리고 설 교수가 왜 자신들까지 데리고 이사장실로 가는지 알 수 없었다. 하지만 따라오라고 하니 일단은 따라갈 뿐이었다.

사람이 잘 다니지 않는 공간에서 나는 차가운 냄새가 코끝을 스쳤다. 강율이 슬쩍 눈을 들어 복도 벽에 걸린 초상화들을 보았다. 화려한 전통 복장을 입은 사람들이 그려진 초상화는 하나하나가 압도적인 크기였다.

"이건……."

옆에 있던 산영이 강율의 말을 받았다.

"맞아. 이제는 모두 죽고 없는 가온 왕조의 사람들이지."

둘의 시선이 복도의 가장 끝에 걸린 초상화에 닿았다. 가온 왕조의 마지막 공주들과 왕자들의 어린 시절 모습이었다. 자신들에게 드리워진 미래를 알고 있는 것처럼 그림 속 그들의 얼굴은 퍽 어두웠다.

"죽고 없는 사람들이라."

강율도 그 사건에 대해서는 소문을 들어 알고 있었다. 가온 왕조를 전복시키고 총통이 이 나라의 최고 권력자로 오르면서 가온 왕족이 소리 소문 없이 사라졌다는 이야기.

"첫째 왕자는 유학을 가던 중 갑작스러운 난파로, 둘째 공주는 낙마로, 셋째 공주는 기차 탈선 사고로 죽었어."

그 말에 강율이 고개를 들어 그를 보았다. 산영의 갈색 눈동자가 어두웠다. 강율이 살짝 고개를 갸웃거렸다. 늘 빙글빙글 웃던 산영이 이렇게 어두운 낯빛이 된 건 처음 보는 모습이었다.

"그리고 지호, 아니, 넷째 공주는 겨울날 얼어붙은 강에 잘못

발을 디뎌 죽었다고 하지."

그림 속 넷째 공주는 이제 막 걸음마를 시작했음직한 어린 남자아이의 손을 잡고 있었다. 어린아이의 얼굴이 어딘가 익숙하게 느껴졌다.

"산영, 자네가 그걸 어찌 다……."

그러나 강율이 미처 묻기 전에 설 교수의 목소리가 들렸다.

"들어오게!"

설 교수가 열린 본관의 문을 잡고 이쪽을 보았다. 산영이 얼른 표정을 풀곤 들어가자는 듯 고갯짓했다.

"가세."

"아, 응……."

대답하면서도 강율은 초상화를 한 번 더 쳐다보았다. 어쩐지 이상한 느낌이 들었다.

"다들 이쪽으로."

커다란 문을 지나 엄숙한 느낌의 접견실로 셋이 들어섰다.

뒤로 탁 트인 커다란 창문으로는 푸르른 교정이 한눈에 들어왔지만 이 방 안의 공기는 무겁고 오래된 느낌이었다. 세월의 흐름이 고스란히 쌓여 있는 기분.

"여기 앉도록 하게."

설 교수의 말에 차례로 의자에 앉았다.

"어서들 와요."

다른 방과 이어진 작은 문을 열고 누군가 접견실 안으로 들어왔다.

옥색 치마저고리를 입은 노부인이었다. 흰 머리칼을 단정하게 넘겨 쪽을 진 모습은 한 치의 흐트러짐도 없었다. 연륜이 느껴지는 얼굴, 그러나 눈빛만큼은 서늘한 기운이 넘쳤다.

"이사장님, 간만입니다."

설 교수가 먼저 인사했다. 그제야 강율은 자신의 앞에 있는 사람이 가온학사의 이사장인 전옥주라는 것을 깨달았다.

"안녕하십니까!"

산영과 종하도 얼른 자리에서 일어나 인사를 했다.

전옥주.

가온 왕조 시절 사대부의 여식으로 태어나 학문을 배웠고 유학까지 다녀온 신여성. 술법에도 조예가 깊고 자신 역시 술사로 활동했으나 짝꿍이 먼저 사망한 뒤 가온학사의 이사장 자리에 앉았다는 그 전옥주.

전옥주가 고개를 끄덕였다.

"간만이오, 설 교수. 아하, 이 아이들이 이번에 그렇게 떠들썩하게 짝꿍이 되었다는 그 술사들인가?"

"예."

전옥주가 시선을 돌려 셋을 쳐다보았다. 서늘한 눈빛에 마음을 읽히는 기분이었다. 전옥주의 시선은 유독 강율에게 오랫동안 머물렀다.

다시 고개를 돌린 전옥주가 한숨인지 탄식인지 모를 가벼운 숨을 내쉬었다.

"하나하나 참 좋은 기백을 가진 아이들이군. 다만…… 설 교수가 고생이 많겠어."

그 말에 설 교수가 쓸쓸한 미소를 지었다.

"그것이 제 운명인 듯합니다."

"나에게 진 빚을 이 아이들에게 갚는다고 생각하세. 내가 설 교수를 돕느라 애썼다는 걸 잘 알지 않소?"

그 말에 설 교수가 어쩔 줄 모르는 표정을 지었다. 처음 보는 설 교수의 모습에 키득키득 웃음이 나왔다. 산영이 웃음기 가득한 목소리로 말했다.

"교수님도 젊은 시절에는 사건 사고를 많이 몰고 다니셨나봅니다! 이사장님께서 이렇게 말씀하실 정도면요!"

"조용히 하시게, 이산영 학생."

다시 목소리를 가다듬은 설 교수가 물었다.

"그래서 이사장님께서 귀국하시자마자 저에게 하실 부탁이 무엇인지요?"

설 교수의 물음에 전옥주가 주전자를 들었다. 각자의 잔에 맑은 차가 채워졌다.

"일단은 한 잔씩 들지. 향이 좋거든."

그 말에 강율도 찻잔을 들었다. 상쾌하면서도 그윽한 향기가 방 안을 채웠다. 차를 한 모금 마신 전옥주가 설 교수와 셋을 쳐다보았다.

"이 자리에 저 아이들까지 데려온 걸 보아하니, 아무래도 설 교수가 뭔가 생각하는 게 있는 듯한데."

"제가 직접 가르치고 있는 술사들입니다. 만약 이사장님께서 괜찮으시다면 이번 일에는 이 셋을 직접 데려가고 싶습니다."

그 말에 전옥주의 눈썹이 살짝 들렸다.

"설 교수가 직접?"

"예."

전옥주가 설 교수를 천천히 바라보았다. 어떤 생각을 가지고 있는 건지 뜯어보는 것처럼.

"설 교수가 그런 생각을 했다면 뭔가 이유가 있는 거겠지. 부탁만 들어줄 수 있다면 나는 괜찮소."

"그렇다면 이들 역시 계획에 참여하는 것으로 알겠습니다."

전옥주가 고개를 끄덕였다. 그러곤 강율을 비롯한 셋을 보았다.

"지금부터 하는 이야기는 전부 비밀에 붙여야 하오. 다들 알겠소?"

전옥주의 서늘한 눈빛에 셋이 얼른 고개를 끄덕였다.

"네, 명심하겠습니다."

"이번에 총통 관저에서 개국 축하연이 열리지."

"매년 열리는 축하연 말이지요?"

설 교수의 물음에 전옥주가 고개를 끄덕였다.

"맞아. 총통이 새로운 나라를 세운 걸 기념하는 행사요."

그 이야기를 들은 산영의 얼굴이 순간 굳었다. 그러나 옆에 앉은 강율만 겨우 알아차릴 정도의 미세한 변화였다.

"굳게 닫혀 있던 총통 관저에 유일하게 사람들이 드나들 수 있는 때지. 그러니 그 틈을 타 총통 관저 안에서 뭔가를 찾아 주었으면 하오."

설 교수가 물었다.

"찾아야 하는 게 무엇인지요?"

"들어오게."

대답 대신 전옥주는 누군가를 방 안으로 불러들였다. 그러자 키가 큰 여인이 안으로 들어섰다. 검은색 원피스를 입은 여인의 얼굴엔 옅은 슬픔이 깃들어 있었다.

"안녕하십니까. 박설아라고 합니다."

모두 그 여인을 쳐다보았다. 박설아가 담담한 목소리로 말을 이었다.

"제가 이렇게 염치 불고하고 전 이사장님을 통해 말씀드리는 것은, 총통 관저 안에서 제 약혼자의 흔적을 찾아 달라 부탁드리기 위해서입니다."

"약혼자요?"

생각지도 못한 이야기에 강율이 눈을 동그랗게 떴다. 그건 산영과 종하도 마찬가지였다. 전옥주가 입을 열었다.

"설아 씨의 약혼자는 가온학사의 졸업생이었네. 혼인을 앞두고 갑자기 사라졌지."

설아가 고개를 끄덕였다.

"쥐도 새도 모르게 사라졌습니다. 백방으로 그이를 찾으려 노력했지만……."

설아의 목소리가 떨렸다. 울지 않으려 애쓰는 게 분명했다. 설아가 품 안에서 오래된 사진 한 장을 꺼냈다. 거기엔 앳된 설아와 함께 다부진 체격의 남자가 찍혀 있었다.

사진을 본 설 교수의 표정이 굳었다.

"……김산?"

이름을 들은 설아가 입술을 깨물곤 대답했다.

"역시 교수님은 알아보시는군요. 그이가 교수님 이야기를 많이 했거든요."

"알아보지 못할 리가 없지요. 가온학사의 졸업생들은 전부 기억합니다. 제 아이들이나 다름없으니……. 그런데 어째서 산이 사라진 겁니까?"

"저도 영문을 모르겠습니다. 이제 저에게 남은 건 이 사진뿐이에요. 그를 기억할 수 있는 거라곤. 그와 관련된 다른 물건들은 모두 경시청에서 가져갔으니까요."

"경시청이라니요."

종하가 눈썹을 찌푸렸다. 전옥주가 고개를 끄덕였다.

"그걸 듣고 나도 이상하다고 생각했네. 그래서 설 교수에게 부탁하려 한 거지. 경시청에서 나섰다면 단순한 실종은 아닐 텐데, 물건들만 가져갔다니 이상하군. 또 가온학사 졸업생이 사라진 것 자체가 의심스럽네."

설 교수가 심각한 표정으로 대답했다.

"맞습니다. 가온학사 졸업생이라면 공직에 있었을 텐데, 그런 사람이 실종됐으니 경시청에서 나서는 게 당연하겠지요. 그런데 실종자를 적극적으로 찾진 않고 물건들을 가져갔다니 정말 이상하군요."

전옥주가 입을 열었다.

"그리고 더 이상한 점이 있었어. 설 교수는 알고 있겠지? 학사 시절 김산이 어떤 술사였는지."

"실현자였습니다. 주문을 만드는 솜씨도 나쁘지 않았고요."

그 말에 전옥주가 설아에게 고갯짓을 했다. 설아가 품 안에서 종이 한 장을 꺼냈다. 그걸 본 설 교수의 얼굴이 확 변했다.

"이게……?"

옆에 있던 강율과 종하, 산영도 그 종이를 들여다보았다. 모두의 눈이 커졌다.

"증폭자 검사 결과서?!"

설아가 차분하게 대답했다.

"이건 그이가 사라지기 전에 저에게 주었던 겁니다. 사라지기 몇 달 전부터 자신의 판이 이상하다는 이야기를 몇 번 한 적이 있어요. 그래서 이것저것 다 해 보다가 혹시 몰라 검사를 실시했는데 그이가 증폭자라는 검사 결과가 나온 날, 실종된 겁니다. 그래서 다른 사람들은 그가 증폭자라는 것을 몰랐지요."

이야기를 듣던 전옥주가 설 교수에게 물었다.

"어떻소. 술사가 갑자기 증폭자로 발현할 수 있나?"

"그럴 리가요! 이런 경우는 들어 본 적도 없습니다."

"그렇기에 나도 이 사건에 뭔가 더 큰 일이 숨겨져 있다고 생각한 거요."

설 교수가 뭔가 골똘히 생각에 잠긴 얼굴이 되었다. 뭔가 이상했다.

'생각해 보면 그동안 갑자기 죽었거나 사라진 졸업생들이 몇 있었어. 하지만 전부 이유가 있었기에 그저 안타까운 일로 마음에 묻어만 두었지. 그런데 그게 아니라면……'

총통이 가온학사에 대해 이중적인 마음을 가지고 있다는 건 잘 알고 있었다. 그는 술사들을 자신의 뜻대로 움직이기 위해 가온학사를 총통 직속 기구로 만들었지만 그것이 오히려 가온학사 안의 반총통파들이 활동할 수 있는 이유가 되었다. 총통의 직속 기구인 가온학사의 학사생들은 웬만한 일이 아니고서는 경시청에서 즉결 처분을 내릴 수가 없었으니까.

가온학사생이라는 자신의 신분을 이용해 반총통파 활동을 하는 이들이 비밀리에 늘어나고 있다는 것은 총통도 아는 사실이었다. 그렇기에 어떻게 해서든 가온학사를 옥죄려고 이런저런 방안을 내놓았다. 신입생이 들어오는 입학 기간에 교내에 경시청 순사들을 세워 놓는 것도 그 방안 중 하나였다.

총통파 일부에서는 아예 가온학사의 문을 닫고 친총통파로 구성된 새로운 학교를 만들자는 주장도 펼쳤다. 가온학사를 졸업한 술사들을 어느 정도 공직에 영입했으니 이제 새로운 학교를 만들어도 된다고 본 거였다. 본디 처음 가온학사를 만들 때, 유일하게 술사들을 키울 수 있을 만한 사람이었던 설록과 전옥주를 데려올 수 있었던 것은 총통이 나서서 가온학사에 대한 그들의 교육 방침을 침해하지 않겠다고 약속했기 때문이었다.

그렇기에 총괄 교수 설록과 이사장 전옥주가 버티고 있는 한, 총통도 자신이 제안한 약속을 뒤집을 수 없어 지금까지 에둘러 가온학사를 압박하기만 했다. 하지만 그것이 요새 들어 직접적인 형태로 나타나고 있다는 것은 설록 역시 체감하고 있는 바였다.

'눈엣가시는 이제 완전히 빼 버리려는 거겠지.'

총통의 그런 생각이 어쩌면 이 사건에도 연관이 되어 있을지 몰랐다. 옆에 있던 종하가 입을 열었다.

"그럼 김산 씨의 실종 사건에 총통이 연관되어 있다고 생각하시는 겁니까? 총통 관저에서 김산 씨의 흔적을 찾아야 한다는 걸 보면 말입니다."

설아가 고개를 끄덕였다.

"맞습니다. 그이가 사라지기 전, 총통의 부름을 받아 관저로 갔다고 했거든요."

갑자기 증폭자가 된 술사가 총통의 부름을 받고는 사라져 버렸다. 확실히 뭔가가 이상했다.

"그래서 마지막으로 지푸라기라도 잡는 심정으로 이사장님께 부탁한 겁니다. 총통 관저에서 그의 흔적이라도 찾아보고 싶어서……."

설아의 마지막 말은 눈물에 젖어 있었다.

"어떤가. 부탁을 들어주겠나?"

전옥주의 물음에 설 교수가 입을 열었다.

"산이는 저의 제자이기도 합니다. 제자가 사라졌다는데 찾아보지 않을 선생이 어디 있겠습니까? 당연히 힘을 보태야지요."

강율도 이어 말했다.

"저도 돕고 싶습니다."

산영과 종하도 고개를 끄덕였다.

"저희도요."

"자네들의 생각도 같으니 잘됐군. 축하연에 들어갈 만한 인물로는 자네들이 제격이니까."

설 교수의 말에 셋이 동시에 되물었다.

"예?"

"저희가 축하연에 간다고요?"

설 교수가 당연하지 않느냐는 표정으로 물었다.

"당연하지. 내가 축하연에 참석하면 관저를 둘러볼 새도 없을걸. 워낙 유명하잖나, 나는."

"그건……."

뭐라 대답할 수가 없었다.

"그러니 자네들이 총통 관저에 직접 들어가 산이의 흔적을 찾아야 해. 물론 혹시 모를 상황에 대비에 나 역시 축하연에 참석은 하겠지만 내가 직접 흔적을 찾을 시간은 없을 거야."

산영이 떨리는 목소리로 물었다.

"그렇다면 저희가…… 직접 총통을 만날 수 있다는 겁니까?"

"글쎄, 총통이 축하연에 참석한다면 그럴 수도 있겠지. 축하연까지는 며칠 남지 않았어. 그때까지 술법을 안정적으로 사용할 수 있도록 연습해 두게. 흔적을 찾을 수 있는 주문도 만들어야겠어. 이럴 시간이 없군."

설 교수가 자리에서 일어났다. 전옥주가 마지막으로 말했다.

"뭔가 필요한 게 있다면 말하게. 할 수 있는 건 전부 지원해 줄 테니."

지금도 자네 인생이
망가져 있다고 생각해?

"이것도 아니야."

강율이 공책의 종이를 북 찢어 냈다. 벌써 옆에는 꽤 많은 종이 뭉치들이 흩어져 있었다. 언제 켜 놓은지 모를 촛불이 일렁거렸다. 벌써 꽤나 초가 짧아져 있었다.

"하."

한숨을 내쉰 강율이 의자에 몸을 기댔다.

설 교수는 실전 같은 연습이라고 했지만 그게 아니라는 걸 누구보다 잘 알고 있었다. 물론 맡은 일 자체는 지난번 종하와 함께 했던 것에 비하면 위험하지 않았다. 살아 있는 사람을 구해 오라는 것도 아니었고 그저 흔적이 남아 있는지 아닌지 확인만 하면 되는 일이었다.

"하지만……."

강율의 시선에 창문 밖 교교히 걸린 초승달이 들어왔다. 어제 이사장실에서 보았던 설아도 이런 달을 보았을 것이다.

"그리고 자신의 약혼자가 살아오기만을 기다렸겠지."

그 생각을 하면 주문을 만드는 데에 공을 들이지 않을 수가 없었다.

총통 관저가 일반인들에게 개방되는 것은 일 년에 딱 한 번, 개국 축하연이 있는 때뿐이었다. 이번이 아니면 졸업생의 흔적을 찾기는 힘들 게 분명했다.

"그러니 확실한 주문을 만들어야 하는데."

하지만 그런 생각이 들수록 쉽게 주문이 나오지 않았다.

"특정한 사람의 흔적을 찾을 수 있는 주문이라. 도대체 어떤 방법을 써야 가능할까……."

"아직도 주문 생각 중이야?"

한숨을 푹푹 쉬는 강율의 머리맡에서 낯익은 목소리가 들렸다. 언제 들어온 건지 산영이 웃는 얼굴로 이쪽을 바라보고 있었다.

"뭐야. 언제 온 건가?"

"좀 됐는데. 죄도 없는 공책을 찢을 때부터?"

"기척 좀 내지. 놀랐잖아."

"너무 고민하는 것 같아서. 방해될까 봐."

그렇게 말하곤 씩 웃는 산영의 얼굴엔 평소와 다르게 미묘한 감정이 묻어나 있었다. 그 모습을 뭐라고 해야 할까. 잠깐 머뭇거리던 강율이 입을 열었다.

"지쳐 보이는군, 산영."

강율의 말에 산영의 다갈색 눈동자가 조금 커졌다. 하지만 곧 다시 평소의 표정으로 돌아온 산영이 옆자리에 앉으며 말했다.

"신기하네."

"신기하다고? 뭐가?"

"그냥 보고 바로 알아차리는 게. 다른 사람들은 아무도 몰랐는데. 그리고 나 계속 웃고 있었잖아."

"……웃고 있어도 뭔가 달랐으니까. 그리고 우린 짝꿍이잖아."

"그렇지, 짝꿍이지."

"그러니까 무슨 고민이 있으면 말해도 된다는 뜻이야. 나는 내 나약한 부분을 다 알려 주지 않나."

산영이 가만히 강율의 말을 들었다.

"가장 좋은 시간도, 가장 힘든 시간도 이제 우리는 함께해야 하니까. 자네가 뭔가 힘들다면 말해 줘. 그럼 정말 고마울 거야."

"고마울 거라고?"

이해하지 못하겠다는 산영의 표정에 강율이 고개를 끄덕였다.

"원래 힘든 걸 말하는 게 가장 어렵잖아. 그만큼 날 믿어 준다는 의미이기도 하니까. 고맙지. 그런 점까지 공유해 줘서."

"하지만 그래서 자네도 같이 힘들어진다면?"

강율이 산영의 다갈색 눈동자를 가만히 들여다보았다. 그러곤 천천히 대답했다.

"내가 힘든 이유가 내 벗 때문이라면, 그건 힘든 것도 아닐 거야. 벗의 짐을 나눠 드는 것을 힘든 일이라고 생각할 순 없지."

강율의 대답을 들은 산영의 표정이 잠깐 흔들렸다.

"왜, 왜 그래⋯⋯?"

당장이라도 울 것 같은 산영의 얼굴에 놀란 강율이 허둥지둥 물었다.

"강율, 자네는 정말⋯⋯."

산영이 채 말을 잇지 못하고 고개를 잠깐 숙였다. 강율이 그런 산영의 어깨에 조심스럽게 손을 댔다. 정말로 우는 거면 어쩌지, 싶은 생각이 들었을 무렵 산영이 다시 얼굴을 들었다. 그 얼굴엔 이제 미묘한 슬픔은 전부 사라져 있었다.

"그런 말 한 마디에 이렇게 괜찮아질 줄은 몰랐는데. 역시 강율, 자네는 신기해."

"좋은…… 거지?"

"그럼. 필요한 순간에, 필요한 이야기를 정말 주문처럼 말해 주었어. 고마워, 강율."

자신이 했던 말 중 어떤 것이 그렇게 고맙다는 이야기를 들을 정도인지 몰랐지만 일단은 그저 고개를 끄덕여 주었다.

"생각이 좀 많았지, 어제오늘."

"왜?"

"글쎄. 어쩌면, 내 인생을 망가뜨린 사람을 직접 보게 될지도 모르거든."

"인생을 망가뜨린 사람이라고? 그게 무슨 말이야?"

"말 그대로야. 그런 사람이 있어. 그리고 곧 만나게 될지도 몰라. 그런 상황에 놓인다면 강율 넌 어떻겠어?"

갑작스러운 말이었다. 산영의 이야기는 진짜인지 아닌지도 알수가 없었다.

생각에 잠긴 강율을 산영이 가만히 바라보았다. 어떻게 강율이 금방 눈치챈 건지는 모르겠지만 정확히 말하면 산영은 어제 총통 관저에 들어가야 한다는 말을 들었던 순간부터 감정을 주체할 수가 없었다.

'직접 총통을 만난다니.'

몇 번이나 상상했다. 총통을 직접 보게 된다면 어떤 말을 해 줘야 할까. 하지만 이렇게 빨리 만나게 될 줄은 몰랐다.

가온 왕조를 무너뜨린 장본인. 그 앞에 선다면 산영 자신은 도대체 어떤 얼굴을 해야 할까.

앉아 있는 나무 의자에서는 하루 종일 내려앉은 초여름의 햇볕이 아직도 느껴지는데 산영은 온몸에 차가운 한기가 도는 기분이었다.

아직도 그 날이 생생했다.

손가락을 가져다 대면 그대로 깨질 것만 같던 아주 차가운 겨울 공기의 싸늘함도, 말라붙어 있던 나뭇가지들도, 저 멀리 어디선가 쩡쩡 울려 대며 강물 얼음들이 부딪치는 소리까지. 모두 엊그제 일처럼 생생했다.

— 산영아.

낮고 단호한 목소리. 칼바람에 펄럭이던 시퍼런 치맛자락.

늘 잔머리 하나 없이 땋아 내렸던 머리칼이 군데군데 풀려 있던 것까지 기억이 났다.

— 네가 마지막이다.

그 목소리. 그때의 장면들은 산영의 기억에 달라붙어 떨어질 생각을 하지 않았다.

산영이 저도 모르게 숨을 깊이 들이마셨다.

"괜찮아?"

걱정스러운 강율의 목소리에 산영이 겨우 제 생각에서 벗어났다. 산영이 떨리는 숨을 가다듬었다.

"괜찮아."

짐짓 아무렇지도 않은 목소리로 대답했지만 강율의 눈동자는 산영의 마음을 꿰뚫어보는 것만 같았다.

산영이 일부러 웃어 보였다.

"정말로 괜찮대도. 강율, 자네도 오늘은 이만하고 자러 가는 게 어때? 계속 붙들고 있다고 좋은 주문이 나오는 건 아니거든. 좀 쉰 다음에 다시 생각해 보면 더 좋은 방안이 나올 수 있어."

그렇게 말한 산영이 오히려 제가 더 부산하게 강율의 공책을 챙겼다.

"안 가?"

가만히 앉아 있는 강율을 보곤 산영이 물었다. 산영의 재촉에 자리에 일어선 강율이 산영을 보더니 입을 열었다.

"지금도 자네 인생이 망가져 있다고 생각해?"

"응?"

갑자기 그게 무슨 말이냐는 듯 고개를 기울이던 산영이 아, 하는 소리를 냈다.

아까 자신의 대답을 강율은 계속해서 곱씹고 있었던 거였다.

"당연히 지금은……"

하지만 산영이 뭐라 답하기도 전에 강율의 말이 흘러나왔다.

"지금 내 앞에 서 있는 자네는 멋진 사람이야. 적어도 내가 보기엔."

"뭐라고?"

"우리가 처음 만났을 때도 자네는 흔쾌히 처음 보는 나를 도와주었지. 그리고 판을 열지 못하는 나를 기다려 주겠다고 했고. 늘 헤실헤실 웃고 있지만 그게 다른 사람의 기분까지 고려한 자네의 세심한 배려라는 걸 잘 알고 있어. 적어도 나에게 자네는……, 뜨거운 열정과 부드러운 성정을 동시에 가지고 있는 멋진 사람이거든. 그러니 자네의 인생을 망가뜨린 사람이 있다면 난 이렇게 말해 주고 싶어."

강율과 산영의 눈이 마주쳤다.

"당신이 산영을 망가뜨리려고 했지만 결코 그렇게 되진 않았다고."

그 말을 남긴 강율이 산영의 손에 들려 있는 자신의 공책을 받아 들고는 복도로 나섰다. 강율의 뒷모습을 산영이 멍하니 바라보았다. 그러곤 저도 모르게 중얼거렸다.

"……나는 망가지지 않았다고."

어쩌면 그 말이야말로 지금껏 산영이 듣고 싶었던 말인지도 몰랐다.

♠ 5 ♠
마지막 왕자

가온 개국 축하연.

개국 축하연이라고는 하지만 사실상 현재 총통인 김희원의 권력을 다시 한번 확인하는 자리에 가까웠다.

설 교수가 마차 뒤에 탄 세 명을 바라보았다.

"오늘 다들 잘할 수 있겠지? 최대한 눈에 띄지 말라고. 혹시나 무슨 일이 생기면 바로 내가 있는 쪽으로 오게. 그래야 뭐라도 대응이 가능할 테니."

"알겠습니다."

강율의 대답에 설 교수가 고개를 끄덕였다.

"말했던 것처럼 이건 이사장님의 부탁이고 실전 같은 연습일 뿐이야. 그러니 자네들의 안전을 위협하면서까지 이 일을 처리할 필요는 없어. 알겠지?"

"그것도 일단은…… 알겠습니다."

영 마음이 놓이지 않는다는 듯 설 교수가 셋을 쳐다보았다.

"나는 중앙 홀에 있을 걸세. 혹시나 도움이 필요하다면 총통 관저에서 일하는 사람들 중 가슴팍에 하얀 손수건이 아니라 붉은 손수건을 꽂은 이에게 내 이름을 대며 도움을 청하게."

"총통 관저에서 일하는 사람 중에도 교수님을 돕는 자가 있다는 말씀이십니까?"

강율의 질문에 설 교수가 당연한 거 아니냐는 듯 눈썹을 올려 보였다.

"내가 가온에서 가장 위대한 술사였다는 걸 잊은 건 아니겠지? 이래저래 나에게 도움을 받은 사람들이 많거든."

거기까지 말한 설 교수가 슬쩍 창문 밖을 내다보았다.

"도착했군. 내가 먼저 나갈 테니, 자네들은 인파가 빠지면 들어오게. 초대장은 가지고 있지?"

"네."

강율이 품 안에서 초대장을 꺼냈다. 그건 전옥주가 구해다 준 진짜 초대장이었다.

"아마 자네들은 가장 어린 나이에 축하연에 초대받은 사람들일 걸세. 자, 그럼 두 시간 후에 보지."

설 교수가 검은 프록코트 자락을 날리며 마차에서 내렸다. 그러자 한 무리의 사람들이 설 교수에게 다가오는 게 보였다. 총통의 편에 서서 기사를 쓰는 신문사의 기자들과 호화로운 축하연을 구경하러 온 사람들, 어떻게든 이번 축하연에서 총통의 눈에 들어 보려 하는 자들까지.

"엄청나군."

마차 안에 남아 있던 강율이 조그맣게 중얼거렸다.

엄청난 건 사람들만이 아니었다. 불이 밝혀진 총통 관저는 상앗빛으로 물들어 있었고 붉은 깃발이 보란 듯이 휘날렸다. 화려하게 꽃으로 장식된 계단 위에는 무늬가 들어간 주단까지 깔려 있었다.

"우리도 이제 가세."

사람들이 한차례 빠지자 종하가 마차의 문을 열었다. 차례로 내린 종하와 산영이 자연스럽게 마지막으로 마차에서 내리는 강율을 향해 손을 뻗었다.

"자."

"어……."

강율이 자신을 향한 둘의 손을 보고 당황스러운 표정을 지었다. 산영과 종하도 서로 손을 내밀 줄은 몰랐다는 얼굴이었다. 누구 하나가 손을 빼기도 애매한 상황이었다.

"자, 이러면 되는 거지?"

강율이 웃으며 둘의 손을 동시에 잡았다. 그 모습에 종하와 산영도 미소를 지었다.

"역시 우리의 짝꿍께서는 똑똑하군."

종하가 장난기 어린 목소리로 말했다. 둘의 손을 잡고 내려선 강율이 긴 계단 위에 서 있는 총통 관저를 한번 올려다보았다.

높은 계단 위, 총통 관저.

기차에서 내려 가온에 처음으로 발을 디뎠을 땐, 강율은 자신이 이런 곳까지 오리라고는 생각하지도 못했다. 하지만 오늘은 저곳에서, 의뢰받은 흔적을 찾아야했다. 과연 자신이 만든 주문이 제대로 작동해 줄지, 그게 가장 걱정되는 지점이었다.

"잘할 수 있을 거야."

그런 강율의 마음을 읽은 것처럼 옆에 있던 종하가 낮은 목소리로 속삭였다.

"최선을 다해 주문을 만든 걸, 우리가 봤잖아."

"잘되기만을 바라야지."

강율이 제 양옆에 서 있는 종하와 산영을 보았다. 우리가 있으니 걱정하지 말라는 듯한 둘의 눈빛이 강율에게 힘을 주었다.

"가 볼까?"

강율이 어깨를 펴고 턱을 살짝 들어 올렸다. 강율이 발을 내딛자 그 뒤를 산영과 종하가 따랐다.

"와!"

관저 안은 그야말로 별세계였다.

이국적으로 꾸며 놓은 커다란 홀은 둥그런 유리 지붕이 특징이었다. 커다란 샹들리에가 빛을 내며 모인 사람들의 얼굴에 반짝거림을 흩뿌렸다. 벽과 기둥을 장식한 화려한 꽃과 리본들, 중앙에는 총통의 동상이 보란 듯이 세워져 있었다.

"……지금 남쪽에는 비가 제대로 오지 않아 올 한해 농사가 망한다고 걱정들이던데 이곳과는 상관없는 얘기로군."

사방을 둘러본 종하가 조용히 중얼거렸다.

강율의 고향에서 보내온 편지에도 그런 내용이 적혀 있었다. 금년에는 유독 가물어서 어쩌면 가을 학기에는 학비를 넉넉하게 보내 줄 수 없을 지도 모르겠다고.

"총통을 따르는 자들에게 가뭄이 문제가 되겠나, 어디."

산영이 대꾸했다.

빰빰빰!

커다란 나팔 소리가 울리자 사람들이 몸을 돌렸다.

"총통 각하 드십니다!"

사방으로 제복을 입은 군인들이 섰다. 순간 홀 전체에 긴장감이 어렸다.

산영이 저도 모르게 이를 꽉 깨문 채 열린 문을 쳐다보았다. 짧은 시간이 유독 느리게 흘렀다. 가장 가까이서 총통을 모시는 친위대가 들어왔다. 그리고.

'이제.'

총통이 들어올 차례였다.

"응?"

순간 산영의 눈썹이 찌푸려졌다. 정복을 입은 친위대의 뒤편으로 들어온 건 사람이 아니었다. 그걸 알아차린 이들이 모두 술렁였다.

"저게 뭐지?"

친위대가 열을 맞춰 들고 오는 건 다름 아닌 총통의 얼굴을 그린 커다란 초상화였다. 노회한 얼굴, 그러나 보는 사람의 오금을 저리게 할 정도의 날카로운 눈빛. 고작 초상화였는데도 총통의 눈빛은 사람들을 내려다보는 것만 같았다.

친위대의 가장 앞에 선 자가 입을 열었다.

"안타깝게도 이번 개국 축하연에는 총통 각하께서 직접 참여치 못하게 되었습니다. 대신 각하의 초상화를 내리니 양해해 주시기 바랍니다. 그럼 모두 각하의 초상화를 향해 예를 올리십시오!"

훈장이 달린 옷을 입은 남자가 커다란 목소리로 외쳤다. 그렇게 외치는 남자의 얼굴은 꼭 독을 머금은 뱀 같았다. 저 안쪽 어딘가에 맹독을 숨기고 있을 것만 같은.

둥.

북이 울리는 소리에 맞춰 사람들이 총통의 초상화를 향해 고개를 숙였다. 기묘한 광경이었다. 진짜 사람도 아닌 고작 그림에 대고 이렇게 예를 표하는 것을 강율은 이해할 수가 없었다. 하지만 혼자서 고개를 숙이지 않으면 눈에 띌 것 같아 얼른 어깨를 움츠렸다. 짧게 예를 표하고 난 후, 강율이 입을 열었다.

"총통도 오지 않았다니. 흔적을 찾는 우리에겐 좋은 일일세. 그럼 빨리 움직이는 게 좋겠어."

"또한 총통 각하께서는 이번 축하연을 위해 특별한 선물을 보내셨습니다."

남자의 손에는 낡은 두루마리가 들려 있었다. 걸음을 옮기려던 산영이 그것을 보고는 뚝 걸음을 멈췄다.

"산영?"

뒤를 따라가던 강율도 걸음을 멈췄다. 그러나 산영은 강율의 부름도 듣지 못했는지 멍하니 남자의 손에 들린 두루마리를 쳐다보았다. 사람들도 전부 그쪽을 바라보고 있었다.

"총통 각하께서 세우신 가온은 구시대와 세습 왕조를 타파한, 새로운 가온입니다. 그런 의미에서 올해 축하연의 포문을 이렇게 열라고 각하께서 지시하셨습니다."

남자의 손에서 두루마리가 풀렸다.

펼쳐진 건 비단 족자. 그 안에는 누가 그렸는지 모를 모란과 나비가 담겨 있었다.

"저건."

산영의 목소리 위로 다른 사람들의 이야기가 덧씌워졌다.

"오오, 저건 옛 가온 왕족의 그림이 아닌가!"

"맞군요. 모란을 그린 것을 보아하니, 아마 마지막까지 살아남았다던 넷째 공주, 지호의 그림 같습니다."

그와 동시에 산영이 앞으로 달려 나가려 했다. 그러나 종하가 한발 더 빨랐다.

"산영."

다급하게 산영을 붙잡은 종하가 안 된다는 듯 산영의 이름을 불렀다.

"놔! 놓으라고!"

산영이 소리쳤지만 그 목소리는 커다란 박수 소리에 묻히고 말았다.

짝짝짝짝!

"멋지군요!"

박수를 치며 좋아하는 사람들. 강율이 두루마리를 든 남자 쪽을 바라보았다. 그의 손에서 두루마리는 반절로 찢겨 있었다. 나비도, 모란도 모두 그의 손에서 조각이 나 버렸다.

그걸 보면서 좋아하는 사람들.

강율은 도대체 지금 저 행위가 뭘 말하는 건지 알 수가 없었다. 종하가 강율에게 말했다.

"강율! 일단은 이 녀석을 데리고 바깥으로 나가야겠어!"

그 말에 강율이 고개를 끄덕였다. 종하가 산영을 거의 끌어안다시피 해서 바깥으로 끌고 나갔다.

조금은 선선한 바람이 셋의 얼굴을 지나쳐 갔다. 강율이 산영의 어깨를 잡았다.

"괜찮아? 도대체 무슨 일인가. 어디 몸이 안 좋기라도 한 건가?"

하지만 산영은 대답도 하지 못한 채 그저 숨만 크게 들이 쉬었다. 산영이 눈물에 젖은 눈동자로 강율을 보았다.

"강율."

이름을 부른 산영이 강율을 와락 끌어안았다.

갑자기 안겨 버린 강율이 눈을 동그랗게 떴다. 그저 거칠게 오르내리는 산영의 어깨와, 뜨거운 숨, 거세게 뛰는 심장 소리를 고스란히 느낄 수밖에는 없었다.

"……누님, 지호 누님."

산영의 흐느낌 사이로 이름 하나가 흘러나왔다. 그 이름을 알아들은 순간, 강율의 머릿속에 아주 좋지 않은 예감이 스쳐 지나갔다. 뒷덜미에 소름이 돋았다.

넷째 공주, 지호.

그리고 산영이 부르는 지호 누님.

'설마.'

그제야 지금까지의 정황들이 하나씩 짜맞춰졌다. 가온 왕조의 별장으로 쓰였던 가온학사의 건물을 잘 알고 있던 산영. 친왕파였던 배우 김영애와 잘 알고 있고 도움을 받던 산영. 가온 왕조의 마지막 공주와 왕자들에 대해서 이상하리만큼 잘 알고 있던 산영.

"산영, 혹시 자네……?"

강율이 떨리는 목소리로 물었다.

어제 산영이 자신에게 물어보았던 그 이야기. 인생을 망가뜨린 사람과 만나게 될지도 모른다던 이야기가 떠올랐다.

"그게, 총통을 가리키는 말이었나?"

만약 정말 산영이 가온 왕조의 일원이었다면 가온 왕조를 무너뜨린 총통은 그에게 원수나 다름없었다. 그렇다면 총통 관저로 가야 한다는 이야기가 나왔을 때부터 산영이 이상한 행동을 보였던 것들을 전부 이해할 수 있었다.

"……미안하네. 지금까지 숨겨서."

산영이 겨우 정신을 차린 목소리로 대답했다.

"저, 정말로?"

강율이 빽 소리쳤다. 옆에 있던 종하가 입술에 손을 댔다.

"쉿. 지금 총통 관저에 있다는 사실을 잊은 건 아니겠지?"

강율이 얼른 목소리를 낮췄다.

"하지만, 하지만 그렇다는 건 정말로 산영이 가온 왕조의……. 아니, 종하. 자네는 이미 알고 있었다는 건가?!"

"직접 들어 알고 있던 건 아니고. 그냥 짐작으로 어느 정도."

"나만 몰랐다는 거야?"

강율의 머릿속에 이사장실로 가면서 보았던 가온 왕조의 초상화가 떠올랐다.

그리고 가장 마지막에 걸려 있던 아이들의 그림. 그 초상화 속 어렸던 왕자가 지금 자신 앞에 있는 이산영이라는 게 믿기지가 않았다.

"그러니까 정말로…… 산영 자네가……."

어떻게 말해야 할지 모르겠다는 듯 강율이 우물쭈물했다. 그 모습에 산영이 겨우 미소를 지었다.

"그냥 하던 대로 편하게 해. 내가 무엇이든 우리의 관계는 달라지지 않으니까."

하지만 왕가를 지지하는 가문에서 태어나 지금까지 보고 자란 게 있는 강율이었다. 아무리 산영이 괜찮다고 말해도 어딘가 어색한 건 사실이었다.

"그러니까…… . 산영 자네가 가온의 마지막 왕자라는 거지?"

목소리는 점점 작아져서 거의 들리지 않을 정도가 되었다.

산영이 가만히 고개를 끄덕였다.

"그래. 짝꿍이 되면 말하려고 했었어. 하지만 계속 미루게 됐지. 망한 왕조의 왕자, 그것도 세간에는 죽은 걸로 되어 있는 사람이니까. 알려서 좋을 게 없다고 생각했어."

죽은 사람.

그랬다. 가온 왕조의 핏줄을 이어받은 사람은 모두 죽었으니까.

"……지호 누님께서 죽은 순간, 나는 알았어. 저자들이 누구든 결국 나도 죽일 거라는 걸."

그렇게 말하는 산영의 얼굴은 비통함에 젖어 있었다.

"아직도 기억나. 지호 누님께서 하셨던 말씀이 말이야."

휘잉, 바람이 불자 산영은 십 년도 넘은 그날로 돌아가 있었다.

휘이잉.

바람이 부는 차가운 겨울의 강엔 얼음이 꽁꽁 얼어 있었다.

온몸의 감각이 사라진 지 오래였다. 산영과 지호는 총통이 보낸 자들을 피해 눈보라를 헤치며 도망치고 있었다.

도대체 어디까지, 언제까지 도망쳐야 할까.

총통이 교묘한 눈속임을 써 가며 가온 왕족들을 죽였다는 건 둘 다 잘 알고 있었다. 그러니 어떻게 해서든 달아나야 했다.

"누님, 지호 누님……!"

뒤에서 말발굽 소리가 점점 크게 들려왔다.

아무리 도망친다고 한들, 어린아이의 발걸음으로 말을 타고 쫓아오는 군사를 피하기는 어려운 일이었다.

지호가 고개를 들었다. 산영의 손을 잡은 지호는 무언가를 결심한 듯한 표정이었다. 마치 자신의 마지막을 직감한 듯한.

지호가 천천히 산영을 내려다보았다.

"산영, 지금부터 누이의 말을 잘 듣거라."

어린 산영은 그저 고개를 들고 제 누나를 바라보았다.

"우리 가온 왕조의 끝은 여기다. 뭐든지 시작이 있으면 끝도 있는 법이라지만 그걸 우리가 목도할 줄은 몰랐구나."

"그게, 무슨 말씀이세요? 누님!"

어린 산영의 얼굴이 굳었다.

"아바마마께서는 총통이라는 작자에게 모든 권한을 양도하고 왕의 자리에서 물러나신 후, 갑작스럽게 돌아가셨지. 오라버니들과 언니들 역시 마찬가지였어. 산영아, 지금 왕가에서 남은 건 너와 나뿐이다."

지호의 이야기를 듣는 산영의 볼은 찬바람에 새빨개져 있었다.

"언제고 다시 가온 왕조를 일으키자고 그리 생각했다. 하지만 이제는 그 약속마저 지킬 수 없게 되었구나. 저기, 총통이 보낸 경시청의 사람들이 보이느냐?"

산영이 고개를 돌려 손가락 끝을 바라보았다. 날카로운 겨울바람이 불어닥치듯, 말 탄 순사들이 몰려오고 있었다. 왕궁 시절부터 산영을 돌보던 유모와 할아범이 순사들의 눈을 속이겠다며 궁에 남았지만 결국은 이렇게 되어 버린 모양이었다.

지호가 품에서 삼작노리개를 꺼냈다. 산영의 눈이 커졌다.

"누, 누님! 지금 무엇을 하시려고요!"

산영의 목소리에 뒤를 돌아본 지호의 눈은 한 번도 보지 못한 깊은 슬픔을 머금고 있었다.

"이게 내가 마지막으로 사용하는 술법이다. 너는, 살아남아야 한다."

한 발 뒤로 물러나는 지호를 향해 산영이 손을 뻗었다.

그 삼작노리개는 지호의 울채였다. 그걸 꺼냈다는 것은 곧 지호가 술법을 쓸 거라는 말이었다. 그리고 지호의 술법 짝꿍인 궁녀는, 이미 죽고 없는 사람이었다.

어린 산영도 알고 있었다. 여기서 지호가 술법을 쓴다면 영영 죽게 된다는 것을.

"아니 됩니다, 누님! 죽어도 함께 죽고, 살아도 함께……!"

"이산영!"

서릿발 같은 호통에 산영이 놀라 입을 다물었다.

"누구 하나가 살아남아야 한다면 그건 너다. 어찌 함께 죽는다는 소리를 하느냐? 가온 왕조의 왕자가 그리 나약한 자더냐? 말해 보아라."

울고 싶었다. 하지만 산영은 울 수 없었다. 자신을 바라보는 지호 누님의 얼굴이 더 슬퍼보였기에.

"아, 아닙니다!"

"……기억하느냐? 별궁에 있던 수호나무를 말이다."

아, 하며 산영이 고개를 끄덕였다.

"우리가 궁에서 쫓겨나기 전, 그 나무에 대고 소원을 빌었었지. 다시 이 자리에 올 수 있게 해 달라고 말이다. 이제 나는 그 약속을 지킬 수 없겠지만 너만은 지켜야 한다. 알겠느냐?"

"누님!"

"살아남아라."

그게 지호의 마지막 말이었다.

얼어붙은 강을 건너 하룻밤만 더 가면 가온을 벗어날 수 있었지만 그러지 못했다. 밀어닥치는 순사들을 향해 지호가 삼작노리개를 들어 올렸다.

"우리 가는 곳 그 어디일까, 달리는 인생아!"

판이 열리고 지호의 술법이 시작되었다.

지호의 술력은 포근하게 산영을 휘감았다. 차가운 강은 지호 공주의 무덤이 되었지만 산영에게는 그해 겨울을 날 수 있는 잠자리가 되었다.

산영이 마지막으로 본 것은 바람에 날리는 검은 머리칼, 지호가 손에 쥐어 준 노리개였다.

"……지호 누님께서는 어릴 때부터 술사로서 촉망받는 인재였네. 누님의 마지막 술법으로 순사들을 무찌르고 나는 강 속으로 가라앉았어. 얼어붙은 강의 얼음이 겨우내 나를 숨겨 주었네."

산영이 입술을 깨물었다.

"누가 알았겠는가. 어린아이 하나가 차가운 겨울 강물 아래 잠들어 있을 거라고. 지호 누님의 술법이 아니었다면 나도 이미 죽었을 거야. 난 그렇게 누님의 죽음으로 살아남은 거라네."

봄이 되고 지호의 술법이 효력을 다했을 때, 가온 왕조를 모셨던 친왕파 사람들이 겨우 산영을 찾아냈다.

"그렇게 새로운 신분으로 지금까지 살아왔네. 이제는 내 나이가 그때의 지호 누님보다 많아졌어. 그리고 어엿한 술사도 되었고. 그러나……."

산영의 목소리가 떨렸다.

"아직도 나는 지호 누님이 저런 수모를 당하는 걸 그냥 두고만 봐야 하는군."

마음 한구석에는 늘 죄책감이 있었다. 자신이 살아남은 것은 곧 지호 누님의 희생이 있었기 때문이라는. 그러니 어떻게든 살아남아, 가족들을 모두 죽음에 이르게 만든 총통에게 복수를 해야 했다.

산영이 강율을 쳐다보았다.

"처음 우리가 만났을 때 말이야. 말한 적 있지. 내 소중한 사람과 자네가 닮았다고."

"그랬었지."

"자네의 무너지지 않을 단단한 시선이, 지호 누님과 닮아 있었어. 그래서 계속 눈길이 갔던 거야. 물론, 지금은 자네 그 자체로 좋아하고 있지만."

"산영……."

산영의 이야기를 듣고 나니, 그가 어째서 반총통파 활동을 할 수밖에 없는지 알 수 있었다.

가온 왕조의 마지막 왕자.

그리고 그런 자신의 가족을 모두 죽음에 이르게 한 총통.

"미안하네, 강율. 그동안 내 정체에 대해 말하지 않아서."

강율이 가만히 산영을 바라보았다. 그러고는 폭 한숨을 쉬었다.

"내가 말하지 않았나. 자네를 힘들게 하는 것이 있다면 말해 주는 것만으로도 고마울 거라고. 고마워, 산영. 말해 주어서."

강율이 산영의 어깨를 가볍게 끌어안았다. 종하도 옆에 와 산영의 등을 가볍게 두드렸다. 그것만으로도 셋의 체온이 서로에게 전달됐다.

"그렇기에 이번 일에서 더더욱 실종자의 흔적을 찾고 싶어."

산영이 말을 이었다.

"총통에게 가족을 잃는 건, 나만으로 족하니까."

그렇게 말하는 산영의 마음이 어떨지, 강율은 짐작할 수 없었다. 다만 흔적을 찾기 위해 최선을 다해야겠다는 마음뿐이었다.

᚛ 6 ᚜
실종자의 흔적

"좋아. 그럼 지금부터 시작해 보지."

강율이 자리에서 일어났다. 그러곤 짧게 설명했다.

"이번엔 판을 아주 작게 열어 주게. 딱 내 몸만큼."

"그렇게 작게? 흔적을 찾는 건데, 괜찮겠어? 난 판을 넓게 벌려 이 안에 있는 것들을 한꺼번에 찾을 거라고 생각했는데."

종하의 말에 강율이 대답했다.

"응. 이곳에 다른 술사들이 있을지도 모르잖나. 괜히 판을 크게 벌이면 누군가 알아챌지도 몰라."

종하가 고개를 끄덕였다.

"아, 확실히 그럴 수도 있겠군. 거기까지 생각하다니, 나보다 나은데?"

"명색이 증폭자까지 거느린 실현자인데 주문을 만드는 데 있어서 환경 정도는 고려를 해야지."

"그럼 준비는 된 거지?"

산영이 물었다. 강율이 고개를 끄덕였다.

"좋아. 자네가 뭘 하든 우리가 뒤를 책임질 테니까. 뭐든지 해봐."

사람들은 전부 관저 내 중앙 홀에서 연회를 즐기고 있었다. 세 명 정도는 빠진다 해도 티가 나지 않았다.

여는 소리와 함께 각자의 판이 열렸다. 이제 판을 겹치는 것 정도는 곧잘 하게 되었다. 셋의 판이 겹쳐진 곳으로 강율이 걸음을 옮겼다. 판 안에 흐르는 힘이 느껴졌다. 하지만 틈 안에 들어갔을 때 느꼈던 것처럼 무서운 감정은 들지 않았다. 이 판을 채우고 있는 힘은 자신이 가장 좋아하는 벗들인 산영과 종하가 준비해 준 거라는 걸 알고 있기 때문이었다.

강율이 천천히 주문을 외우기 시작했다.

"지나간 시간만큼 쌓이는 기억. 소복소복 내리는 눈. 그 위에 찍힌 누군가의 발자국."

그건 오늘 아침까지 몇 번이고 고쳐 가며 만든 거였다. 이제는
이곳에 남아 있는 누군가의 흔적을 찾기 위한 자신만의 방법이
잘 들어맞길 바라는 수밖에는 없었다.

"발자국을 되감으면 나오는, 그때의 시간."

흔적을 찾는 건 결국 시간에 관련된 무언가를 찾아야 한다는
의미였다.

실종자가 사라진 그날 밤, 정말로 그 사람이 총통 관저에 들어
왔는지 알아보는 게 가장 확실한 일이었다.

주문의 힘이 강율의 몸을 타고 흘렀다.

"너희는 이곳의 관찰자. 그때, 이곳, 여기, 다시 불러오는 시간……."

강율이 눈을 감은 채 손을 뻗어 총통 관저의 외벽에 가만히 댔
다. 손가락 끝이 지잉 울리는 기분이었다.

흔적을 찾으라는 이야기를 들었을 때, 어떻게 하면 가장 눈에
덜 띄는 방법으로 흔적을 찾을 수 있을지 강율도 나름대로 고민
을 많이 했다.

하지만 그 사람이 남긴 특정한 자취를 어떻게 찾아내야 할지
알 수가 없었다. 그러다가 떠올린 게 시간을 되감는 거였다.

"이곳에서 네가 봤던 것들을 나에게도 보여 줘. 찾아야 할 사람
이 있어."

이곳의 모든 것을 일일이 다 찾아볼 수 없다면 실종되었던 그때의 시간으로 돌려서 확인해 보면 되는 거였다. 그건 마치 사건의 목격자를 찾는 것과 비슷했다. 대신 목격자가 사람이 아니라 이 '건물'이라는 점이 달랐지만.

하지만 술법은 그런 평범한 세상을 자신만의 방법으로 재구성하는 것. 강율이 새로 만든 세계 안에서는 건물도 목격자가 될 수 있었다.

"보여 줘."

입술에서 주문이 떨어지자마자 강율의 눈꺼풀이 움찔거렸다.

아무것도 거치지 않고 바로 머릿속을 타고 들어오는 장면들은 생생한 날것 그대로였다. 강율 역시 이런 경험은 처음이었기에 혹 어지러운 기분이 들었다.

'안 돼. 지금 집중하지 않으면 그대로 주문이 깨져 버릴 거야!'

강율은 다른 생각들을 전부 밀어내고 오로지 지금 이 총통 관저가 보여 주는 과거의 장면들에 집중하려 했다.

'사람이 드나들지 않는……'

총통조차 이 관저를 잘 사용하지 않는 듯, 건물이 보여 주는 장면들은 대부분 청소하는 사람들만이 들락거리는 모습이었다.

'하지만 분명 그날, 그 사람이 잡혀 왔다면 적어도 이 관저 어딘

가에선 그 모습이 보였을 거야.'

훅훅.

제멋대로 흘러가는 장면들을 놓칠세라 바라보았다. 밤, 낮, 다시 밤, 그리고 낮, 그리고 다시 밤……. 그 커다란 총통 관저에서 밀려오는 모든 장면들을 보고 있으려니 현기증이 나는 것 같았다. 하지만 놓칠 순 없었다.

몰려드는 수많은 장면들 속에서 자신이 꼭 찾아내야만 하는 그것.

"앗!"

강율이 외쳤다.

"찾았나?"

종하가 얼른 물었지만 강율이 손을 들었다. 종하와 산영이 입을 다물었다. 강율의 시선은 이제 지금은 존재하지 않는 과거의 한때를 보고 있었다.

밤. 달도 없는 밤.

그리고 소리도 없이 들어오는 차량. 총통 관저는 어둠 속에 파묻힌 채, 다가오는 사람들을 지켜보고 있었다. 강율 역시 건물의 시선을 따라 숨도 쉬지 못하고 가만히 그쪽을 쳐다보았다.

이리저리 흔들리는 전등의 불빛. 그 불빛 사이로 비친 낯익은 얼굴.

"저건……."

뱀을 닮은 얼굴. 그건 분명 아까 총통의 친위대 중 가장 앞에 있던 남자였다. 그 남자가 우악스러운 손길로 차 안의 누군가를 붙잡아 내렸다.

'김산!'

친위대의 손에 끌려오는 사람은 분명 김산이었다. 사진에 비해 겁에 질린 얼굴, 두려움이 가득한 얼굴이었다.

친위대에게 잡힌 김산이 뭐라 소리를 쳤다. 그러나 목소리까지는 들리지 않았다. 몰려든 친위대들 사이에서 손을 마구 휘젓는 모습, 다급한 얼굴. 그러나 혼자인 김산이 친위대들을 이길 순 없었다. 그가 뭐라고 외치려 했다. 그건 분명 주문이었다. 술사인 김산이 이들을 상대할 수 있는 마지막 방법. 그러나 뱀을 닮은 남자가 손에 든 뭔가를 흔들어 보였다.

그걸 본 김산의 얼굴에서 핏기가 빠져나갔다. 남자의 손에 들린 것이 바람에 흔들려 희미하게 보였다.

설아와 김산이 함께 찍은 그 사진.

남자가 어떤 이야기를 했는지 듣지 않아도 알 수 있었다. 지금 여기서 네가 술법을 쓴다면 네 가족이 될 사람이 위험에 빠질 거라는 협박이었을 것이다.

역시 김산은 고개를 떨어뜨렸다. 그때, 그는 무슨 생각을 했을까. 이제는 다 끝났다고? 아무것도 남은 게 없다고? 사랑하는 사람을 지키기 위해선 자신이 희생하는 수밖에는 없다고.

그 순간, 김산이 고개를 들었다.

그럴 리가 없는데. 그럴 수가 없는데. 강율이 눈도 깜박이지 못한 채, 김산을 바라보았다. 등줄기를 따라 소름이 돋았다.

'어떻게…….'

있을 수 없는 일이었다. 그러나 김산의 시선은 분명 지금 과거를 보고 있는 강율에게 꽂혀 있었다.

일그러지는 김산의 표정. 그건 자신이 이곳에서 영영 살아나갈 수 없다는 걸 직감한 이의 얼굴이었다. 김산이 마지막으로 뭔가를 꼭 전해야 한다는 듯 입을 벌렸다.

"……헉!"

강율이 숨을 들이마시며 눈을 번쩍 떴다.

"강율? 괜찮아?"

"왜 우는 건가!"

산영이 놀란 표정으로 강율의 뺨에 흐른 눈물을 닦아 주었다. 그제야 강율은 자신이 울고 있다는 사실을 깨달았다.

"봤어. 봤다고!"

"실종자를 찾았어?"

"분명 여기 있었어. 그날, 실종자가 이곳에 잡혀 왔어. 아까 두루 마리를 들고 있었던 그 사람, 그 사람이 데려온 거라고!"

그 말에 종하의 얼굴이 굳었다.

"그자라면……. 친위대 중에서도 총통에게 가장 열렬히 충성을 바치는 인물이라고 소문이 난 자인데. 그자가 직접 실종자를 데려 갔다면 이건 분명히 총통과도 관계된 일이 분명해."

총통과 관계된 실종 사건. 그 말이 무겁게 내려앉았다. 강율이 멍하니 입을 열었다.

"눈이……, 눈이 마주쳤어."

"뭐라고? 그건 또 무슨 말이야. 누구와 눈이 마주쳐? 아니, 그 전에 강율 자네가 본 것은 과거의 일이지 않나! 어떻게 눈이 마주 칠 수가 있다는 말이야?"

"그러니까 이상하다는 거 아닌가!"

분명 강율 자신이 본 것은 이 관저에 깃든 과거의 장면이었다.

하지만 남자에게 끌려가던 김산은 고개를 돌렸고, 정확히 강율 을 쳐다보았다. 그 눈빛. 지금 거기에 있는 게 누군지 몰라도 제발 전해 달라는 그 처절한 눈빛.

"입모양으로 말했어. 전해 달라고."

"저, 정말······?"

강율이 무거운 표정으로 고개를 끄덕였다. 그러곤 과거의 김산이 자신을 향해 벙긋거리던 입모양을 가만히 따라했다.

"미안해, 고마워."

그건 분명히 설아에게 전하는 말이었다. 김산이 마지막으로 설아에게 전하는 이야기를 들은 나머지 두 사람도 가만히 입을 다물었다.

강율이 자리에서 일어났다.

"어디 가?"

산영의 물음에도 강율은 대답하지 않고 관저 앞에 펼쳐진 너른 정원으로 향했다. 그러곤 뭔가를 찾기 시작했다.

"분명히 여기였는데······."

고개를 숙이자 강율의 시야에 뭔가 반짝이는 게 들어왔다. 강율은 손을 뻗어 그것을 집었다.

옆에 온 산영과 종하가 강율이 집어든 것을 바라보았다.

"······이건."

쌍으로 만들어진 은가락지 중 하나였다. 미안하고 고맙다는 말을 남긴 채, 김산이 뭔가를 빼서 던지는 걸 강율은 봤던 것이다.

그건 설아가 하고 있던 것과 똑같이 생긴 가락지였다.

"이런 흔적을…… 찾을 거라곤 생각하지 못했는데."

산영의 말에 나머지 둘 역시 가만히 입을 다물었다.

초여름 저녁이었는데도 이상하게 차가운 바람이 셋을 지나쳐 갔다. 갑자기 증폭자가 된 술사, 그리고 그를 빼돌린 총통.

뭔가 더 큰 음모가 이 뒤에 도사리고 있다는 것이 느껴졌다. 강율이 김산의 은가락지를 품 안에 집어넣었다. 축하연이 이어지는 관저 안에선 활기찬 음악 소리가 들려왔다.

제2장

미리뫼에서

♪ 7 ♪
불효자

"……'문제를 해결하는 접근은 좋지만 좀 더 실용성이 있는 주문을 만드는 것이 좋겠습니다.'라네."

시의 분석과 주문 만들기 수업에 대한 자신의 평가를 읽은 강율이 고개를 들었다.

슬슬 더워지는 시기, 가온학사의 한 학기도 거의 마무리되고 있었다. 기말고사를 보고 마지막 숙제를 제출하는 것만으로도 눈코 뜰 새 없이 바빴다. 그래도 이렇게 바쁜 마지막 한 주를 보내고 나면 그다음은 여름 방학이었다.

개국 축하연에서 있었던 일은 강율이 총통 관저에서 찾은 은가락지를 설 교수 편에 설아에게 보낸 것으로 마무리되었다.

"그 정도 평가면 괜찮군. 원래 그 교수님 평이 야박하기로 소문이 나 있거든."

종하의 말이었다. 종하는 강율이 받은 평가지를 한번 들여다보고는 말을 이었다.

"시를 분석하는 게 정 어렵다면 그냥 읽고 즐기는 것도 괜찮아."

"즐긴다고?"

"본래 시라는 것이 마음을 글로 담아 놓은 거니까. 처음에는 그저 넘쳐나는 자신의 마음을 누군가가 알아 주었으면, 하는 마음에서 만든 거잖나."

이어지는 종하의 말에 강율이 그렇지, 하며 고개를 끄덕였다.

"내 마음을 다른 사람에게 설명해 주고 더 잘 이해할 수 있도록 비유를 하고, 비틀어서 설명하고, 아름다운 수식어를 등장시키지. 그러면서 언어는 더 정교하고 촘촘해지고. 그 안에서 새로운 의미들이 태어나기도 하고 말이야."

"설 교수님이 했던 말과도 비슷하군. 언어는 살아 있는 화석이다. 그 안에 깃들어 있는 수많은 사람들의 생각과 상상들이 이 짧은 단어에 어려 있다."

"그렇기에 주문으로 사용하는 언어는 더더욱 어려운 거야."

"하지만 빨리 술법을 잘 다루고 싶어. 내가 주문을 잘 만들지 못하면 산영이 빼 온 술력도, 종하 자네가 힘들여 증폭한 것도 아무 짝에 쓸모가 없잖아. 그건 그렇고, 교수님이 아무리 야박하다지만 신입생을 통틀어 우수를 받은 이가 한 명도 없는 건 좀 너무하지 않아?"

이야기를 듣던 산영이 끼어들었다.

"그래도 강율, 자네는 나보단 좋은 평가를 받았잖아."

"산영, 자네는 과제를 몇 개나 빼먹었는지 알아? 그래 놓고 좋은 평가를 바라면 그게 더 못된 심보지!"

"강율의 말이 맞아. 이런 자네가 가온 왕조의 마지막 왕자라는 걸 안다면 사람들이 얼마나 실망할지 좀 생각해 보게."

"여기서 그 이야기가 왜 나와?"

"자네의 위치를 좀 생각하라는 뜻이야. 거기에 더해 명색이 증폭자의 짝꿍인데 내 체면도 좀 생각해 주고."

산영이 인상을 찌푸렸다.

"어이없네. 그러는 넌 얼마나 잘하는데? 네 녀석이 증폭자라는 거 빼고 또 뭐가 있어?"

"글쎄, 단 한 번도 전교 3등 밖으로 벗어난 적이 없는 명석한 두뇌의 소유자?"

"그만들 하지? 또 싸우려고?"

강율의 말에 산영과 종하가 다시 입을 다물었다.

여전히 티격태격하긴 하지만 그래도 요새는 강율이 한마디 하면 알아서 멈추는 정도가 되었다. 이만 해도 장족의 발전이었다.

"그래서 그거 다시 제출하려고?"

옆으로 온 산영이 강율이 들고 있는 공책을 들여다보았다.

"아무래도 그래야겠지. 그리고 방학 시작하기 전까지 설 교수님께 내야 하는 것들도 수정해서 확인을 받아야 해."

그렇게 말하는 강율의 옆에는 뭔가를 적다 만 종이들과 도서관에서 빌려 온 책, 수업 교재가 몇 권씩이나 쌓여 있었다.

강율이 평가받았던 주문을 산영이 훑어보았다.

"실용성 있는 주문을 만들라는 의미가 어떤 건지 알겠네. 여기 이 부분, 조사의 순서가 위에 있는 행과 다르잖아? 이러면 외울 때 헷갈리는 경우가 많아. 물론 좀 더 연륜 있는 술사의 경우엔 이 역시 독특한 기능으로 작용할 수 있는데 지금 강율 자네는 그 정도의 배움이 없으니 술법으로 구현하긴 힘들겠지."

"아, 그런 건가? 흠, 산영 자네도 나름 도움이 되는걸?"

"나름이라니! 그래도 어렸을 적부터 술법 교육을 받았는데. 물론 그때는 궁으로 사람을 불러 개인별 경연을 받았지만……."

자연스럽게 옛날 일을 말하던 산영이 순간 말을 멈췄다. 강율이 고개를 들었다.

"산영?"

"아무것도 아닐세. 그냥 이런 이야기를 다른 누군가에게 이리 자연스럽게 하는 게 처음이라서. 정말로 내 모든 걸 말할 수 있는 벗들이 생겼다는 생각이 들었지 뭔가."

산영의 대답에 강율이 깨달았다는 듯 고개를 끄덕였다.

"생각해 보니…… 그렇겠군. 이젠 우리에게 무슨 말을 해도 괜찮으니까 걱정하지 말게."

"걱정할 게 뭐가 있어. 강율, 자네도 뭔가 고민이 있다면 꼭 우리에게 말해야 해!"

그 말에 강율이 잠깐 머뭇거렸다. 걱정스러운 게 있다면 한 가지뿐이었다. 반총통파 일을 하는 산영과 종하가 위험에 빠질 수도 있다는 것.

'하지만 어떻게 하지 말라고 할 수 있겠어.'

제 마음 하나 편하자고 친구들의 신념을 꺾을 순 없었다. 게다가 산영에게 반총통파 활동이란 가족의 원한을 갚는 일이기도 했다. 그러니 강율이 할 수 있는 일은 최대한 그런 내색을 하지 않는 것뿐이었다.

"오, 여기에 다 모여 있었군?"

문을 열고 들어온 건 다름 아닌 가온 연구회의 회장, 3학년 구안태였다.

"안 그래도 찾았는데! 이것 좀 들어 보게."

안태가 양손에 든 바구니를 종하와 산영에게 넘겼다. 그 안에는 제철 과일이 가득히 들어 있었다.

"와, 이게 다 뭡니까? 참외에 자두에 복숭아에……."

"설 교수님 연구실에 들를 일이 있었는데 교수님이 가져가라고 하시더군. 너희들 앞으로 온 거라던데?"

안태의 말에 셋이 서로를 쳐다보았다.

"저희에게요?"

"그래. 거기 편지도 한 통 있잖아."

강율이 바구니 옆에 꽂힌 편지를 찾아냈다. 편지를 펼치자 정갈한 글씨가 눈에 들어왔다.

"설아 씨가 보낸 거야."

강율이 천천히 편지를 읽어 내려갔다.

"약혼자의 반지와 마지막 이야기를 전달해 주어서 고맙다고, 그리고 나중이라도 자신이 도와줄 일이 생기면 언제든지 찾아오라고 적혀 있네. 앞으로 좋은 술사가 되길 바란다는 말과 함께."

편지의 내용에 셋은 짧게 침묵했다.

설 교수에게 전해 들은 바로는 반지를 받은 후, 설아는 더 이상 자신의 약혼자를 찾지 않았다고 한다. 설 교수가 했던 말이 떠올랐다.

— 당연히 계속 찾고 싶겠지. 어찌 진실을 알고 싶지 않겠나? 하지만 박설아는 그다음을 생각하고 있는 거야. 만약 자신이 계속 김산의 뒤를 쫓는다면 총통 쪽에서도 더 이상 봐주지 않겠지. 그럼 김산이 목숨을 지켜 살린 자신의 생도 끊기고 말지 않겠나. 이제 설아의 목숨엔 김산의 바람도 깃들어 있는 거야. 그러니, 당장은 그를 잊은 것처럼 행동할 수밖에.

그리고 설아는 잊지 않고 고마움을 표시했다.

"직접 키운 과일들이니 맛있을 거라는 말도 적혀 있어."

기른 과일들을 하나씩 따 바구니에 담으면서 설아가 어떤 기분이었을지, 상상이 가지 않았다.

'총통, 당신은 이런 식으로……'

이런 식으로 철저히 자신만의 나라를 만들고 있었다. 갑자기 누가 사라진다 해도 어디서도 도움을 받을 수 없도록, 이의를 제기할 수 없도록.

"양도 많은데 같이 먹어도 되나?"

안태가 잘 익은 자두를 힐금거리며 물었다. 강율이 미소와 함께 대답했다.

"당연하죠. 좋은 마음으로 보내 주신 것이니, 하나도 남김없이 다 먹는 게 선물받은 자의 도리일 겁니다. 미랑 선배나 다른 부원들도 불러서 같이 먹는 건 어떻습니까?"

"그래도 돼?"

눈을 빛내며 안태가 물었다.

"당연하죠. 그렇지?"

종하와 산영도 고개를 끄덕였다.

안태가 냉큼 문을 향해 소리쳤다.

"들었지? 다들 들어오라고!"

그러자 동아리방의 문이 벌컥 열리고 기다렸다는 듯 부원들이 들어왔다. 그 모습에 강율이 어이없어하며 입을 열었다.

"아니, 정말로 기다리고 있었던 겁니까?"

"먹을 거라고 하니 다들 내 뒤를 쫓아오더라고. 보낼 수가 있어야지. 어쨌거나 주인인 자네들 허락은 맡아야 할 것 같아서."

안태의 대답에 강율이 피식 웃었다.

"허락받을 생각이라도 한 걸 기특하다고 해 드려야 할지……."

산영이 소리쳤다.

"으악! 강율! 우리가 먹을 것도 없게 생겼어! 얼른 뭐라도 하나 들게!"

동시에 강율의 손에 산영이 던진 복숭아가 쏙 들어왔다.

과일을 먹는 이들의 얼굴엔 웃음꽃이 피어 있었다. 자두를 손에 든 종하가 옆에 와서 말했다.

"설아 씨가 가온 연구회 전체에 행복을 나눠 주셨군."

강율 역시 미소 띤 얼굴로 고개를 끄덕였다.

"그러게 말이야."

창을 통해 불어오는 바람엔 이제 뜨거운 여름의 향기가 여실히 묻어 있었다. 초록빛으로 물든 교정을 바라보던 강율이 입을 열었다.

"설 교수님께서 아량을 베푸셔서 짧게 방학을 즐기고 특별 훈련을 재개하자 하셨으니……. 우리 셋이서 내 고향에 한번 내려가지 않겠어?"

"강율, 자네 고향에?"

"응. 자네들에게 다른 계획이 없다면 말이지."

산영이 무슨 소리냐는 듯 대답했다.

"다른 계획이 있더라도 당연히 강율의 고향에 가야지! 그렇지 않아도 한 번 정도는 가보고 싶었는데! 그러면 부모님께 드릴 선물도 미리 사 둬야 하나? 어머님께서는 뭘 좋아하시나?"

신난 산영의 얼굴에 강율이 고개를 내저었다.

"가자는 소리 안 했으면 엄청나게 서운해할 뻔했네."

"그럼 졸라서라도 가자고 했을걸?"

"좋아. 그렇다면 방학 시작하면 바로 내려가 볼까? 부모님 얼굴도 뵙고 싶고. 자네들은 찾아뵐 분들 없어?"

산영이 고개를 저었다.

"뭐, 나야 다른 가족들이 있는 것도 아니고. 요샌 이래저래 감시의 눈도 심해져서 돌봐 준 사람들을 찾아가기도 힘드니까."

산영을 보살펴 준 친왕파 사람들이 있긴 했지만 이런 시국에서는 서로 찾지 않는 게 오히려 안전했다.

"종하, 자네는?"

강율의 물음에 종하가 생각에 잠겼다.

"글쎄, 나도 집안과 왕래를 자주 하진 않아서. 가온에 올라온 후로는 한 번도 찾아뵙지 않았군."

"뭐? 그럼 몇 년 동안 한 번도 집에 가지 않았다는 이야긴가?"

"그런 셈이지."

"아니, 대체 왜? 찾아뵐 사람이 없는 것도 아니고. 불효자라고 불려도 할 말이 없겠군!"

강율의 말에 종하가 쓸쓸한 미소를 지었다.

"불효자라. 뭐, 그럴 수도 있겠네."

"이번에는 꼭 한 번 부모님을 찾아뵈어야 하네. 이건 내가 자네에게 주는 숙제야!"

강율의 말에 종하가 알겠다는 듯 고개를 끄덕였다.

"그래. 나 역시 그동안 물어보고 싶었던 것도 있으니. 한 번은 찾아뵙는 게 맞겠지."

"좋아. 꼭일세!"

다짐을 받는 강율의 말에 종하가 희미한 미소를 지으며 고개를 끄덕였다.

"……집이라."

다른 사람들은 집을 생각하면 애틋한 감정이 든다던데 종하는 그런 기분을 느껴 본 적이 없었다. 집을 떠올리면 가장 먼저 떠오르는 건 그곳에 깔려 있던 우울과 후회스러움이었다. 종하는 단 한 번도 집이 즐겁거나 안전한 공간이라고 느낀 적이 없었다.

짙게 나는 약 냄새, 늘 침상에 누워 있던 어머니.

— 종하야, 넌 고귀한 가족의 피를 이었어. 그러니 꼭 그분을 찾아야 한다. 응? 내가 죽기 전에 한 번만, 그 분을 뵙게 해 줘. 우리는 이렇게 살 사람들이 아니란 말이야!

침상에 누워만 있는데도 어디서 그렇게 힘이 나는지, 카랑카랑한 그 목소리는 종하의 귓가에 날아와 박혔다. 하는 말은 늘 똑같았다. 종하 네가 이렇게 살아선 안 된다, 우리는 더 좋은 대접을 받을 사람들이다, 가온에 가면 꼭 그 사람을 찾아라, 너를 알아볼 것이다, 그렇게만 된다면…….

　아버지가 어머니 곁을떠난 건, 종하가 아직 갓난쟁이였을 때의 일이었다. 그때 버림받은 충격으로 몸져누운 어머니는 계속해서 과거 이야기만을 되풀이했다. 어머니는 종하를 낳았지만 그것뿐이었다. 종하는 할머니와 할아버지, 이모의 손에서 자랐다.

　아무것도 신경 쓰지 않는 어머니에 대한 원망이 종하를 가온으로 이끌었다. 집에서 도망치듯 가온으로 향했고 그랬기에 어머니의 증세가 악화되었다는 편지를 받았을 때도 답장 한 장 쓰지 않았던 것이다.

　'쓰지 못했던 것에 더 가깝지만…….'

　이제 와서 어머니에게 무슨 말을 어떻게 해야 할지 알 수가 없었다.

　'하지만 한 번은 피하지 않고 어머니와 제대로 이야기를 해 봐야겠지.'

　종하의 눈이 어둡게 빛났다.

8

고향으로

"다들 잘 다녀오게!"

강율의 고향에 내려가는 삼인방을 배웅 나온 안태가 커다랗게 소리쳤다.

"중간에 편지 한 장 쓰는 거 잊지 말고! 나랑 미랑이는 계속 학사에 있을 테니."

"그 이야기만 몇 번을 하는 겁니까. 알아서 잘 가고 알아서 편지도 쓰겠지요!"

미랑이 옆에서 타박했다. 그 모습을 본 강율이 웃었다.

"잘 다녀오겠습니다. 선배님들도 방학 즐겁게 보내시길 바라겠습니다."

강율의 말에 안태가 걱정하지 말라는 듯 어깨를 두드렸다.

"그럼. 우리도 이렇게 학교에 사람이 없을 때 여유를 팍팍 즐길 생각이라네. 부모님께 내 인사도 전해 드리고."

안태의 말에 미랑도 한마디 했다.

"어디로 튈지 모르는 저 두 녀석과 함께라니 고생 좀 하겠어. 하지만 이런 때가 많은 것도 아니니 그래도 즐기게. 좋은 시간은 항상 빨리 흘러가기 마련이니까."

"명심할게요."

"그리고 이건 설 교수님의 전언."

안태가 품에서 작은 쪽지 하나를 꺼냈다.

"항상 몸조심하는 거 잊지 말고 가온학사의 학사생답게 어디서나 품위를 유지하라는 말씀이시네."

안태의 말을 들은 산영이 눈썹을 찌푸리며 물었다.

"품위를 유지하라는 말은 꼭 누구를 겨냥해서 하는 소리 같은데 말입니다."

"잘 알아들어서 그나마 다행이군."

장난기 섞인 안태의 대답에 다들 웃음을 터뜨렸다. 저쪽에서 호각 소리가 났다.

"그럼, 정말 가 보겠습니다. 설 교수님이랑 민 조교님께도 저희 잘 갔다고 전해 주십시오."

"당연하지. 얼른 가 보게나!"

셋이 얼른 기차에 올라탔다.

"기차 출발합니다!"

커다란 소리와 함께 기차가 앞으로 미끄러져 나갔다. 움직이는 기차 위로 검은 연기가 흩날렸다. 연기 속에선 희미하게 석탄 냄새가 났다. 발아래로 철커덩거리면서 움직이는 기차의 흔들림이 고스란히 느껴졌다.

점점 가온역이 멀어졌다. 그 뒤로 가온 시내의 모습이 한눈에 들어왔다. 고작해야 반년이었다. 그러나 강율은 가온이 자신의 또 다른 고향처럼 느껴졌다. 다시 돌아올 때는 이곳이 어떤 모습으로 자신을 반겨 줄지 궁금했다.

"강율! 안 들어오고 뭐하나?"

종하의 부름에 강율이 퍼뜩 상념에서 깨 고개를 돌렸다. 기차 안에는 사람들이 많았다.

"이쪽이야!"

좌석이 서로 마주 보게 되어 있는 자리에 종하가 짐을 올려 두었다. 이런 본격적인 여행은 처음이라면서 신난 산영이 주전부리를 식탁 위에 풀었다.

"자, 이건 꿀을 묻힌 밤이고 이건 외국식으로 만든 푹신한 전
병! 당연히 마실 것도 챙겨 왔어! 다들 받게!"

신난 목소리로 산영이 병 하나씩을 내밀었다. 수수깡 빨대로
쭉 음료를 빨아 보니 시원하고 달달한 맛이 났다.

"이건 뭔가?"

강율의 물음에 산영이 윙크를 날렸다.

"제철 과일청을 탄산이 있는 물에 섞은 거지. 어때? 맛 괜찮지?
비법은 비율이야."

"덕분에 여행가는 기분이 확 드는데?"

강율의 칭찬을 받은 산영의 얼굴에 뿌듯함이 번졌다. 창문 밖
으로 풍경이 획획 지나갔다.

바깥으로는 넓게 펼쳐진 논들이 보였다. 아마 강율의 고향도 저
런 풍경일 거였다. 강율의 마음은 이미 고향 미리뫼의 산천을 내
달리고 있었다.

뒤로는 산이, 앞으로는 조그마한 개울이 펼쳐진 마을이었다. 강
율네 집은 그중에서도 가장 위에 자리해 마을이 한눈에 보이는
곳이었다. 아버지는 언제나처럼 마을 아이들을 가르치고 계실 것
이고 어머니는 동네 아낙네들과 소일거리를 하고 계실 거였다.

아주 어렸을 적에 마을에 찾아왔던 젊은 술사들이 생각났다. 이제는 자신이 그맘때 나이가 되어서 다시 고향을 찾아간다고 생각하니 기분이 묘했다. 시간은 정말 많은 것들을 가능케 한다.

"우리도 간다고 부모님께 말씀은 드렸지?"

종하의 물음에 강율이 고개를 끄덕였다.

"당연하지. 아버지께서 내가 가온에서 어떤 술사가 됐는지 궁금해하셨어. 그리고 앞으로 나와 같은 길을 걸을 자네들도 보고 싶어 하셨고."

"부모님께서 내 선물을 마음에 들어하셔야 할 텐데."

산영이 걱정스러운 얼굴로 보자기에 바리바리 싸 온 선물을 내려다보았다.

"이렇게 자네가 직접 준비한 것만 봐도 좋아하실 거야. 그러니 걱정하지 말게. 오히려 나야말로 걱정인걸."

"강율 자네는 왜?"

"처음엔 아버지께서 내가 술사가 되는 걸 반대하셨거든. 그래서 다시 고향에 돌아간다면 내가 좋은 술사가 되었다는 걸 증명할 수 있어야 한다고 생각해 왔어. 그리고 그 생각은 지금도 마찬가지고."

그렇게 말하는 강율의 얼굴이 살짝 어두워졌다.

자신은 이제야 겨우 술사로서 발을 내디딘 상태였다. 그래서 솔직히 조금 걱정이 들었다.

"그래서 이 모습 이대로 부모님에게 인정받을 수 있을지……."

"당연히 강율 자네는 좋은 술사지!"

산영이 확신에 찬 어조로 말을 이었다.

"강율, 자네는 나에게 다시 한번 일어설 힘을 줬어. 그 말 한마디가 얼마나 응원이 됐는지 알아?"

"맞아. 그리고 내 인생도 바꾸어 주었지."

종하도 입을 열었다.

"내 판 하나 제대로 열 생각이 없던 반 푼어치 술사를 이제는 다른 사람의 판까지 열 수 있는 진짜 술사로 만들어 주었잖나. 그러니 자네는 충분히 좋은 술사이고, 좋은 사람이야. 우리가 보증하지."

그 말에 강율과 산영이 놀란 얼굴로 종하를 바라보았다.

"왜 그래?"

"아, 아니. 자네가 그렇게 생각하고 있을 줄은 몰라서……. 아무튼 고마워, 종하."

그렇게 말하는 강율의 뺨이 살짝 붉어져 있었다. 산영이 옆에서 한술 더 떴다.

"강율 자네가 원한다면 얼마든지 더 말해 줄 수도 있는데. 어떤 가?"

"하하, 정말 퍽이나 든든하군."

"당연하지. 우리가 누구 짝꿍인데!"

이야기는 자연스럽게 지난 학기 동안 있었던 가온학사의 생활이며 다른 학사생들의 소문, 2학기에 들을 수업에 대한 내용으로 흘러갔다.

"2학기에는 이제 대부분 짝꿍을 정하고 활동할 때니 그때부터는 꽤 신경전이 심해. 그러니 미리미리 준비하는 게 좋을 거야. 2학기에는 성적 변동이 심하거든."

"그렇군. 그럼……."

종하의 말에 답하려던 강율의 목소리가 기차 칸 끝에서 들려오는 소리에 묻히고 말았다.

"당장 잡아!"

서슬 퍼런 목소리에 앉아 있던 다른 사람들도 전부 놀라 뒤를 돌아보았다. 거기엔 남루한 행색의 남자가 제복을 입은 이들에게 붙잡혀 있었다.

"도와주시오! 도와주시오!"

남자가 빠져나가려 애쓰며 소리쳤다. 하지만 아무도 움직일 수가 없었다. 남자를 붙잡은 이들이 입고 있는 제복의 의미를 이곳에 앉아 있는 사람들이라면 누구나 알고 있었기 때문에.

"저건…… 경시청 사람들이 아닌가."

경시청의 순사들에게 잘못 보이면 현장에서 잡혀갈 수도 있었다. 남자가 무슨 일로 이렇게 된 건진 모르겠지만 기차 안의 많은 사람 중에서 남자를 도와줄 수 있는 자는 없었다.

"살려 주시오!"

남자가 외쳤지만 그를 잡은 순사들은 가차 없었다. 무거운 장화를 신은 발로 남자의 정강이를 차 무릎을 꿇린 순사가 남자의 머리채를 잡았다. 바닥에 남자의 몸이 질질 끌렸다.

그 남자의 얼굴을 본 순간, 강율은 어디선가 본 것 같다는 생각이 들었다. 하지만 어디서였는지 기억해 낼 수가 없었다.

"이 사람이 무슨 잘못을 저질렀는지는 모르겠지만 이런 식으로 대하는 건, 너무하는 거 아닌가?"

그렇게 말한 건 가장 가까이에 앉아 있던 나이 지긋한 할머니였다. 주름진 얼굴엔 두려움이 옅게 서려 있었다. 남자의 머리채를 잡고 있던 순사가 그쪽을 쳐다보았다.

"뭐라고?"

날카로운 목소리가 돌아왔다.

"보아하니 이미 힘이 다 빠져 도망치지도 못할 것 같은데 이렇게까지 할 필요가 있느냐는 말이오."

"하. 오늘 운수가 나쁘려니까 별 같잖은 것들이 다……."

순사가 쿵쿵거리며 걸음을 옮겼다. 그러곤 할머니의 어깨를 거센 손짓으로 밀어 버렸다.

"할머니!"

불안한 얼굴로 뒤에 서 있던 젊은 여자가 밀려 쓰러지는 할머니를 잡았다. 하지만 얼마나 세게 밀었으면 손녀마저 함께 넘어지고 말았다.

"지금 뭐라고 했나? 다시 말해 봐. 뭐가 어쩌고 어째?"

순사가 거친 목소리로 외쳤다. 쓰러진 할머니의 입에서 앓는 소리가 흘러나왔다.

"죄송합니다, 죄송해요! 제가 대신 사과드리겠습니다. 저희 할머니께서 손자 같은 마음에 하신 말씀일 거예요! 그러니 한 번만 봐주십시오!"

손녀가 할머니와 순사 사이를 막아서며 말했다. 하지만 순사는 그대로 물러날 기미가 보이지 않았다.

"지금 우리가 무슨 일을 하고 있는 줄 알아? 총통 각하의 명을 받고 이 나라에 해가 되는 놈들을 직접 색출하고 있는 거다!"

순사가 손녀에게 다가섰다. 그 모습을 보고 있던 종하가 움찔거렸다. 그건 강율과 산영도 마찬가지였다. 적어도 누군가 나서서 말려야 하지 않을까, 그러나 만약 여기서 잘못되면 어쩌나 하는 생각이 한꺼번에 들었다. 게다가 자신들은 가온학사의 학사생이었다. 술사들은 같은 사건에 연루되어도 더 강력한 처벌을 받았다. 그리고 자신들만이 아니라 설 교수와 가족들까지 끌려 들어갈 테니까.

"그런데 내 앞을 가로막아? 그거야말로 각하에 대한 반역이라는 것을……."

"그만하지."

순사가 당장이라도 뺨을 때릴 듯이 손을 들어 올렸을 때, 누군가의 목소리가 들렸다.

"이렇게 사람도 많은데 함부로 시민들을 대하는 건, 총통 각하의 뜻에도 맞지 않는 일일세."

"김 주임관님!"

손녀와 할머니를 향해 다가가던 순사가 당황스러운 목소리로 말했다. 강율이 들어온 남자를 보곤 작은 소리를 냈다.

"응?"

김 주임관이라 불린 남자는 분명 아는 얼굴이었다. 가온 개국 축하연에 참석했을 때, 총통의 초상화 앞에 서 있던 그 남자.

"저놈은……!"

옆에 있던 산영이 작게 외쳤다. 산영의 친누나 지호 공주의 그림을 보란 듯이 찢었던 그 남자였다. 강율이 산영의 손을 꽉 붙잡았다.

"산영."

강율의 목소리에 산영이 겨우 정신을 차린 듯 눈을 깜박였다.

"고마워, 이제 괜찮네."

산영이 낮은 목소리로 대답했다. 옆에서 종하가 이상하다는 듯 속삭였다.

"저자는 총통의 친위대 중에서도 크게 신임받는다는 김찬용인데. 왜 그런 자가 여기에 있는 거지?"

김찬용이 쓰러진 할머니를 향해 손을 내밀었다.

"일어나세요."

그렇게 말하는 김찬용의 목소리는 뱀을 닮은 얼굴과는 다르게 부드러웠다. 쓰러진 할머니가 잠시 머뭇거렸지만 그 손길을 무시할 수도 없는 노릇이었다. 할머니의 손을 잡고 자리에서 일으킨 김찬용이 옆에 있던 손녀를 향해 살짝 목례를 했다.

"송구합니다. 제 부하가 실례를 했습니다. 관리는 제가 책임질 테니 불편하셨더라도 너그러운 마음으로 넘어가 주십시오."

정중한 말씨였다. 하지만 동시에 넘어가지 않고는 못 배기게 만드는 힘이 있었다.

"괘, 괜찮습니다. 그럼 돌아가 봐도 되겠습니까?"

"그러시죠."

김찬용의 허락에 손녀가 얼른 할머니를 부축해 자리로 돌아갔다. 그와 동시에 뒤에서 날카로운 파열음이 들렸다.

짜악!

그 소리에 기차 안에 있던 모든 사람의 시선이 김찬용에게 향했다.

"주임관님?"

옆에 있던 다른 순사들도 놀라 외쳤다. 하지만 순사의 뺨을 때린 김찬용은 아까와 똑같은 표정이었다. 점잖은 미소를 얼굴에 머금은 얼굴 그대로.

"우리가 잡아야 할 것은 총통 각하와 이 나라에 위협이 되는 불온 사상범들이지 선량한 시민들이 아니라고 몇 번을 말해야 아나? 우리의 역할은 이 나라와 국민들을 지키는 거라고 말하지 않았어!"

김찬용의 말에 옆에 있던 순사들이 자세를 가다듬었다.

"맞습니다!"

"그럼 이 범죄자 놈만 끌고 가면 되는 거지 다른 일을 벌일 필요가 있나?"

"아닙니다!"

김찬용이 고개를 끄덕였다.

"앞으로는 다들 조심하도록. 그럼 범죄자를 데리고 돌아가도록 한다. 알겠나?"

그 말에 순사들이 쓰러져 있는 남자를 끌고 다른 칸으로 건너갔다.

무슨 일이 일어난 건지 이해할 수 없어 잠깐 고요해진 기차 칸이 곧 사람들의 목소리로 다시 떠들썩해졌다.

"아니, 순사들 중에서도 저런 이가 있단 말이야?"

"중간에 어찌 되는 줄 알고 정말 조마조마했는데!"

"그래도 다행이네. 어디 다친 곳은 없소?"

다른 사람들이 할머니에게 물었다. 할머니는 다행히 괜찮은 모양이었다.

그 모습을 본 종하가 짓씹듯 중얼거렸다.

"이젠 이런 식으로 나온다는 건가?"

강율이 되물었다.

"이런 식으로 나온다는 건, 무슨 뜻인가?"

"겉으로 보기엔 시민들을 생각하는 척하면서 경시청에 대한 좋은 경험을 심어 주고 그러면서도 자신들이 원하는 건 다 하고 있잖나. 결국 남자는 잡혀 갔고."

그 말에 강율이 순사들이 나간 쪽을 급하게 쳐다보았다. 그러나 남자는 이미 흔적도 없었다. 산영이 입술을 깨물었다.

"강압적으로 굴기만 해선 되지 않는다는 걸 저쪽도 어느 정도 깨달았겠지. 그래서 사람들에게 친절한 모습을 보여 주면서 경시청을 우호적으로 보는 분위기를 형성하라고 윗선에서 지시가 내려왔을 거고. 아무래도 심상치가 않군."

"왜?"

"이런 식으로 사람들의 여론까지 만들어 내려고 하는 걸 보면, 총통이 뭔가를 계획하고 있는 것 같거든."

그 말에 강율의 얼굴도 덩달아 심각해졌다. 그때 차장의 목소리가 들렸다.

"미리뫼, 솔밭역에 도착합니다! 다들 목적지 확인하시오!"

어느새 강율의 고향에 도착한 거였다.

"일단은 내리세!"

산영의 말에 셋 모두 자리에서 일어났다.

9

부모의 직감

짐을 챙기고 역사에 내리니 저 멀리 푸른 산이 눈에 들어왔다. 가온에서는 보기 힘든 풍경이었다.

"공기 엄청 좋은데?"

산영이 숨을 크게 들이마시며 말했다. 강율이 웃으며 대답했다.

"자, 공기는 가면서도 계속 들이마실 수 있으니 일단 여기에 짐이나 싣게."

강율이 불러온 것을 본 산영의 얼굴이 굳었다.

"여, 여기에?"

셋의 앞에 있는 건 커다란 소가 끄는 달구지였다. 여기저기 풀과 흙이 묻어 있는 진짜 달구지. 소가 꼬리를 휘휘 저어 파리를 내쫓았다. 산영이 이게 뭐냐는 얼굴로 쳐다보았다.

"이게 우리가 타고 갈 수레라네. 여기엔 차가 안 다녀. 이런 거라도 얻어 탈 수 있는 게 고마운 거지."

"막 덜컹거리지 않아?"

산영의 말에 강율이 픽 웃었다.

"간만에 왕자님다운 말이로군. 자네 자리 밑엔 특별히 지푸라기를 좀 깔아 주지. 엉덩이가 덜 배길 거야."

"아니, 지금 그런 얘기를 왜……."

"짐 다 올렸어. 해가 더 뜨거워지기 전에 어서 가는 게 좋겠군. 얼마나 걸린다고 했지?"

종하가 물으며 산영을 힐긋 바라보았다. 이 정도 일에 뭘 그렇게 호들갑을 떠느냐는 눈빛이었다.

"하."

그 눈빛에 한숨을 내쉬고는, 산영이 결심했다는 듯 얼른 달구지 위에 올라탔다.

"좋아. 가자고."

소가 한번 길게 울었고, 곧 흔들리는 달구지 위에 셋이 대롱대롱 매달려 갔다. 코끝을 스치는 공기에는 뜨거운 태양 아래 말라가는 풀과 흙의 향기 그리고 뭔가가 발효되는 냄새가 배어 있었다. 달구지가 지나가는 길에는 바퀴 자국이 남았다.

"아, 저기는 내가 어릴 적에 자주 놀던 샛강이군. 예전보다 물줄기가 많이 적어졌네."

강율의 설명에 둘의 시선이 움직였다.

"저쪽은 이 주변에서는 유일하게 군것질거리를 파는 가게인데 아무래도 산영이 좋아하겠지."

"아니, 내가 나 먹자고만 사는 건 아니잖아!"

산영이 뭐라고 덧붙이려 했지만 그보다도 옆에서 들려온 목소리가 더 컸다.

"하이고야! 너 강율이 아니냐?"

"맞네, 맞아! 아이고, 얼굴이 아주 훤해졌네?"

옆에서 밭일을 하던 아주머니들이 강율을 알아보고는 커다란 목소리로 말을 걸었다.

"안녕하세요, 아주머니!"

강율의 인사에 아주머니들이 다들 웃어 보였다.

"진짜로 강율이네! 가온서 내려온다는 말은 들었는데 그게 오늘이었구면!"

"아이고, 옆에 훤칠한 남정네들은 누군가?"

아주머니들의 눈이 이제는 강율의 양옆에 앉아 있는 종하와 산영을 향했다.

"설마 강율이 너 벌써 혼인한다는 건 아니지? 그런 거라면 너희 아버지가 기함을 하실 텐데."

그 말에 강율이 펄쩍 뛰며 손을 내저었다.

"혼인은 무슨 혼인이에요! 여기는 친구들이에요. 술사들은 같이 있어야 술법을 열 수 있다고요!"

"그래?"

"진짜라니까요."

"그래, 그럼 진짜인 거겠지, 얼른 집에 가 봐. 기다리고 계실 터인데."

아주머니들이 손을 저었다.

"아, 벌써 다 왔네. 저길세, 우리 집!"

강율이 손을 들었다. 커다란 나무 옆에 자리한 집은 척 보기에도 아담하고 조용했다.

"절 받으십시오!"

좁은 안방이 떠나가라 산영이 외쳤다. 산영과 함께 종하도 옆에서 절을 올렸다.

앞에는 강율이 부모님이 앉아 있었다. 마루에는 강율의 동생들과 함께 동네 사람들이 앉아서 안을 들여다보았다.

"하이고야, 저거 옷에 각 잡힌 것 좀 봐라."

"가온 남자애들은 다들 저렇게 달덩이처럼 훤히 생긴 거래요?"

"다들 깎아 놓은 밤톨같이 잘생겼구먼."

사람들이 산영과 종하를 보며 속삭였다. 미리뫼에는 타지에서 내려오는 사람들이 많지 않았다. 고작해야 명절에 다른 곳에 사는 친척들이 찾아오는 게 전부였다. 온 동네의 관심이 쏠릴 만했다.

사람들의 속삭임은 강율의 귀에도 들렸다.

"이렇게 뵙게 되어 기쁩니다. 저는 김종하라고 합니다."

종하의 말에 이어 산영도 입을 열었다.

"저는 이산영입니다! 강율 덕분에 저희 셋이 이렇게 모여 짝꿍을 이룰 수 있었어요."

강율의 아버지와 어머니가 둘의 말에 고개를 끄덕였다.

"그래. 이렇게 여기까지 내려와 줘서 고맙네. 우리 강율이의 친구면 내 자식이나 다름없어. 그러니 편하게 쉬다 올라가게."

옆에서 어머니가 물었다.

"그래. 짝꿍이라면 늘 함께 다니는 거지?"

"네. 저희가 강율의 도움을 많이 받고 있습니다."

종하의 대답에 산영도 한마디 보탰다.

"맞아요. 그래서 저희도 강율을 많이 도와주고 뭐든지 함께하려고 하고 있습니다."

아버지가 종하와 산영 그리고 마지막으로 강율의 눈빛을 읽어 내려는 듯 찬찬히 살폈다.

"그래, 이리 함께할 수 있는 벗들이 있으니 안심이 되는군."

"인사치레는 그만하고. 다들 배고프지 않니? 찬은 별로 없지만 밥이라도 같이 먹으면 어떨까 싶은데."

어머니의 말에 산영이 대답했다.

"아주 좋은데요? 그렇지 않아도 배가 고프던 참이었거든요!"

시원시원한 목소리에 어머니가 웃었다.

"그래. 얼른 챙기마. 강율아, 친구들이 쓸 방을 좀 알려 주렴. 짐도 옮겨야 하잖니?"

그 말에 강율이 자리에서 일어났다.

"예, 어머니. 그럼, 가세나. 둘은 건넌방을 쓰면 되네."

강율의 말에 산영과 종하가 다시 한번 예의 바르게 인사를 하곤 강율의 뒤를 따라 건넌방으로 향했다.

아버지와 어머니가 그런 셋의 뒷모습을 지켜보았다. 마당에서 구경이라도 난 듯 보고 있던 마을 사람들은 강율이 바깥으로 나서자 인사를 건넸다. 산영은 마을 사람들과도 넉살 좋게 금방 섞였고 종하는 강율의 옆에 서서 이따금 웃을 뿐이었다.

"······아무래도 강율이가 진짜 새로운 세상을 찾은 것 같군요. 그렇지 않습니까, 영감?"

아버지는 대답 없이 조금 더 자신의 딸을 바라보았다.

"언제 저리 컸을꼬."

자신의 곁에서 언제고 아이 같을 줄 알았던 자식이 저렇게 커서 다른 이들과 관계를 맺고 서로의 지지대가 되어 주는 모습을 보는 건 뭐라 말로 표현할 수 없는 감정을 불러 일으켰다.

"그러게 말입니다. 항상 어린애일 줄로만 알았는데."

"우리의 생각보다도 더 잘 적응하고 있는 것 같아 마음이 놓입니다, 부인."

아버지의 말에 어머니도 고개를 끄덕였다. 그건 직감이었다. 자식을 가진 부모의 직감. 저 아이들은 제 자식과 어떤 험한 길이든 같이 갈 것이고 끝까지 곁에 남아 줄 것이다.

'그리고 아마 그건 강율도 마찬가지겠지.'

♪ 10 ♪
머리카락에는 아무 감각도 없다는데

"와, 진짜 너무 배불러서 한 발자국도 못 움직이겠어……."

밥상을 싹싹 비운 산영이 벽에 몸을 기댄 채 말했다.

"비슷한 반찬인데도 유독 더 맛있는 것 같군. 아무래도 어머니의 사랑이 첨가되어서 그런가?"

산영의 말에 강율이 피식 웃었다.

"아부가 입에 붙었군."

"하지만 이건 진짠데? 이렇게 맛있는 무조림이랑 나물무침은 먹어 본 적이 없어!"

"좋은 무를 오랫동안 양념에 졸이는 게 비법일 테고, 나물은 갓

따 온 걸 직접 짠 참기름에 무쳤으니 당연히 맛이 좋을 수 밖에 없지."

"시래기랑 달걀은?"

"그것도 직접 거둔 무청을 볕 아래 널어 말렸으니까. 달걀도 오늘 아침에 닭장에서 가져온 것일 테고."

"역시 맛이 있을 수밖에는 없네. 방학 동안 여기에 있으면 키가 더 클 것 같은데?"

그 소리를 들은 종하가 작게 혀를 차며 말했다.

"그렇게 클 키웠으면 아마 진작 크지 않았을까 싶네만."

"뭐야?"

"어허. 여기 와서도 싸울 건 아니겠지?"

강율의 말에 둘이 입을 다물었다.

그 위로 매미의 우렁찬 소리가 쏟아졌다. 방 안에 앉아 있던 셋이 바깥을 바라보았다. 햇살이 가득한 마당에 반쯤 드리워진 나무 그늘, 우물가 옆에 피어 있는 꽃은 작열하는 태양에 힘없이 늘어져 있었다.

"정말 여름 방학 같군."

종하의 말을 강율이 받았다.

"지금 우물에 수박을 담가 놓으면 저녁에는 시원해질 거야. 간

식으로는 그걸 먹지. 밤이 되면 별들도 꽤 많이 보일걸?"

"쏟아지도록 보여?"

"응."

강율의 말에 산영이 신난다는 듯 웃었다. 마루에 드러누운 산영 옆에서 종하가 부채를 부치며 말했다.

"여름이라고 확실히 날이 덥긴 하네."

그늘에 앉아 있긴 하지만 햇살은 뜨거웠고 처음 만났던 겨울에 비해 긴 듯한 종하의 머리칼은 땀에 젖어 목덜미에 달라붙어 있었다. 처음 봤을 때도 조금 길다 싶었는데 지금은 어깨를 살짝 넘을 정도였다.

"그렇게 더우면 머리를 자르는 게 어때?"

강율의 말에 종하가 제 머리카락을 손으로 넘겨 보았다.

"자르면 좀 시원해지려나?"

"그러지 않을까?"

"흠, 그럼…… 자네가 잘라 줘."

갑작스러운 말에 강율이 되물었다.

"뭐?"

"산영한테 맡길 수는 없으니까 자네가 잘라 줘야지. 가위만 있으면 되지 않을까? 어차피 모양새는 별로 중요치 않으니까."

"아니, 잠깐만······."

강율이 손을 내저었지만 옆에서 산영도 재밌겠다는 듯 자리를 박차고 일어섰다.

"오, 흥미로운걸? 몸에 두를 천이랑 가위만 있으면 되는 거 아닌가? 그 정도는 찾으면 있을 것 같은데!"

종하가 그런 산영을 보고는 강율에게 말했다.

"지금 자네가 안 잘라 주면 산영의 손에 맡기겠네. 그리고 엉망진창이 된 나의 머리를 보면서 자네는 후회하겠지. 그냥 내가 잘라줄걸, 하면서······."

쭉 이어질 종하의 말을 강율이 잘랐다.

"알겠어. 알겠다고! 내가 할게. 하지만 진짜 이상하게 잘라도 뭐라고 투정하기 없길세?"

"당연하지."

강율이 고개를 내저으며 방을 뒤져 먹물이 군데군데 묻어 있는 보자기와 커다란 가위를 찾아냈다. 종하는 어느새 마당 한가운데 의자를 놓고 앉아 있었다.

"얼마나 잘라?"

"자네 마음대로."

"제일 어려운 말이네."

강율이 의자에 앉은 종하를 보았다. 갑자기 종하가 왜 이런 부탁을 했는지는 알 수 없었다. 산영이 뒤에서 작게 콧노래를 부르며 작은 표주박에 물을 떠 왔다.

종하의 새까만 머리카락은 여름 햇빛마저 흡수하는 것 같았다. 종하도 은근히 고집이 있는 터라 한번 하자고 하면 물러남이 없다는 것을 잘 알았다. 머리카락 정도야 어차피 다시 자라는 것이었으니 실수를 한다 해도 괜찮을 거였다.

"그럼 진짜 자르겠네."

산영이 가져온 표주박의 물로 종하의 머리칼에 대충 물을 묻히고서는 강율이 가위를 들었다. 눈대중으로 대충 얼마나 잘라야 하는지 길이를 재곤 가위를 가져다 댔다. 잘 벼려진 가위날 사이에서 종하의 머리칼이 서걱거리는 소리를 내며 잘려 나갔다. 길고 짧은 머리카락들이 보푸라기처럼 무게감도 없이 미리 깔아 놓은 신문지 위로 떨어졌다.

종하가 눈앞에서 진지한 표정으로 가위를 움직이는 강율을 보았다.

이상도 하지.

머리카락에는 아무 감각도 없다는데, 어째서인지 강율이 만지는 머리카락에는 신경이 끝까지 뻗어 있는 것처럼 생생하기만 했다. 사각거리는 소리가 바로 귓가에서 들려왔다.

"눈 감아."

강율의 목소리가 들렸다. 종하가 눈을 감았다.

대꾸도 없이 순순히 눈을 감는 종하를 강율이 내려다보았다. 긴 속눈썹의 그림자가 드리워진 종하의 얼굴은 쨍한 햇빛 아래서 평소보다 더 말갛게 보였다.

가위 소리만이 둘 사이를 메웠다. 한참을 머리카락 자르는 데만 집중하던 강율이 겨우 고개를 들었다. 옆에 있던 산영이 얼른 작은 거울을 가져다주었다.

"다 됐네. 어때?"

거울 속에는 아까보다 훨씬 짧은 머리를 한 종하의 모습이 비쳤다.

한결 가벼워진 머리칼, 짧아진 길이만큼이나 목덜미로 바람이 스쳐 지나가는 게 고스란히 느껴졌다.

"좋은데?"

종하의 말에 강율이 허리에 손을 올리고는 고개를 끄덕였다.

"그렇지? 처음인데 이 정도라니. 의외로 이런 데에 소질이 있을지도 모르겠어!"

뿌듯해하는 강율을 보면서 종하가 웃었다.

"그렇군. 나중에 미장원을 열어도 되겠어."

나중에.

그 말이 유독 강율의 귓가에 박혔다. 언젠가의 먼 미래.

술사가 미장원을 열어도 되는 미래. 술사들이 총통의 밑에서 술법을 배울 필요가 없고 다른 사람들과 똑같이 살아도 될 미래.

순간적으로 그런 미래의 장면이 강율의 눈앞에 스쳐 지나갔다.

"그렇군. 그런 때가 온다면 한번 고려해 보지."

강율이 겨우 그렇게 대답했다.

하지만 아마 셋 모두 느끼고 있었을 것이다. 그런 미래는 아마 오지 않을 거라고. 그것보다는 더욱 흉폭하고 거센 시간들이, 아마도 자신들 앞을 기다리고 있을 거라고.

잠깐 생각하던 강율은 그래서 다른 말을 꺼냈다.

"어차피 자른 건데, 이거 내가 가져도 되나?"

종하가 살짝 눈을 치떴다.

"내 머리칼을?"

"응. 그럴 일은 없겠지만 말이야. 왜……, 가족들 중에서도 오랫동안 다른 곳으로 떠나면 머리카락 같은 거 조금 잘라서 선물로 주곤 하잖나. 그런 거지."

오랫동안 다른 곳으로.

빙 둘러 말하는 강율의 속뜻이 무엇인지 종하도 산영도 충분히 눈치챌 수 있었다. 종하가 입을 열었다.

"그럼 우리 세 명의 머리칼을 각자 나눠 가지면 어떤가?"

"각자?"

"우리 셋 모두 나눠 가지면 더 좋잖아."

그 말에 옆에서 산영이 바로 가위를 들었다. 그리곤 바로 싹둑 자신의 머리칼을 잘랐다. 다갈색 머리칼이 산영의 손바닥 위에 올려졌다.

"내 건 여기 있어!"

"다른 일에도 좀 이렇게 빨랐으면 좋겠군."

"이거라도 빠른 게 어딘가."

산영이 당당하게 대답했다. 강율도 얼른 제 머리칼 끝을 조금 잘라 냈다. 그러곤 솜씨 좋게 셋의 머리칼을 조금씩 모아 땋아 내리고, 흩어지지 않도록 색실로 양 끝을 야무지게 동여맸다.

그렇게 세 개를 만들어 각자 손수건에 곱게 싸 품 안에 집어넣었다.

"이러니까 진짜 무슨 도원결의라도 맺은 것 같네."

"한날한시에는 못 태어났어도 같은 날 죽어야 하는 건 맞지."

산영의 말에 나머지 둘이 웃었다. 그때 누군가 마당으로 들어왔다. 어릴 때부터 동네에서 안면을 트고 지내는 어른이었다. 강율이 자리에서 일어나 인사했다.

"삼이 아재? 여기까진 무슨 일이세요?"

"별건 아니고 오늘 마을 잔치를 하려는데, 도와줄 수 있니?"

그 말에 셋 다 당연하다는 듯 고개를 끄덕였다.

"어휴, 당연히 도와야지요! 뭐부터 할까요?"

"그럼 곱단이네로 가지! 거기서 음식을 만들고 있거든."

11

마을 잔치

곱단이네 마당은 벌써 음식 준비로 난리였다. 커다란 솥단지가 나와 있고 기름 냄새가 사방에서 진동했다. 씻은 푸성귀들이 우물 옆에 가득 쌓여 있었고 바쁘게 움직이는 사람들이 보였다.

"그, 도와드리려고 왔는데요! 뭘 도와드리면 될까요?"

강율의 물음에 곱단이네 아주머니가 반갑게 미소 지었다.

"하이고! 잘 왔네! 저기 광에 가면 묵 재료가 있는데 그걸로 묵 좀 만들어 줄 수 있나?"

"네!"

광 안으로 들어간 강율이 선반에 쌓인 재료들을 보았다.

"아, 여기 있……."

"내가 하지."

강율의 머리 위로 종하가 손을 뻗어 먼저 자루를 잡았다. 강율이 고맙다는 듯 웃어 보였다.

"강율 자네는 저거나 들고 오게."

종하가 뒤에 있는 작은 소금 주머니를 가리켰다. 산영은 커다란 나무 주걱과 장작을 옮겼다.

강율이 말했다.

"일단은 도토리를 빻아서 가루를 만들고 거기에 물을 넣고 끓여야 해. 천천히. 낮은 불에서."

"별로 어렵진 않네?"

산영의 말에 강율이 씩 웃었다.

"그래? 그럼 젓는 일은 산영 자네가 맡게."

"좋아. 내 손맛을 보여 주도록 하지."

산영이 가슴팍을 주먹으로 치면서 주걱을 받았다. 하지만 그 자신감도 얼마 가지 못했다.

"아이고, 아이고……. 이산영 죽네! 가온 최고의 추출자 죽어!"

산영의 앓는 목소리가 마당 안을 가득 채웠다. 하지만 산영의 엄살을 들어 줄 사람은 아무도 없었다.

"지금 뭘 했다고 벌써 죽어? 사람은 그리 쉽게 죽지 않네, 산영."

강율의 말에 종하도 한마디 덧붙였다.

"지금 주걱 젓는 속도가 느려졌잖아. 그렇게 하다가 다 태워 먹겠어!"

"자네가 해 보라고! 이게 얼마나 힘든 줄 알아?"

"산영, 지금 손이 아예 멈췄는데?"

강율의 말에 산영이 다시 나무 주걱을 휘저었다. 약한 불에서 뭉근하게 끓이듯이 계속해서 저어 주어야 비로소 도토리묵이 완성되었다.

"하아."

산영이 이마에 송골송골 맺힌 땀을 닦았다.

"거의 다 된 거 같은데?"

"주걱을 안에 세워서 넘어가지 않으면 대충 다 된 거라네."

강율의 말에 산영이 얼른 휘젓던 도토리 죽 가운데에 주걱을 세웠다. 약간 기우뚱거리긴 했지만 주걱이 넘어지지 않았다.

"강율! 이거 봐, 다 된 거지?"

호들갑을 떨며 말하는 산영을 보며 강율이 웃었다.

"그래, 드디어 다 됐군. 자, 그럼 이젠 저쪽에서 아주머니를 도와

전이라도 부쳐. 그건 잘할 수 있지?"

"아……. 아직도 할 일이 남아 있었군."

축 늘어진 산영의 말에 저쪽에 있던 종하도 피식 웃었다.

"놀 수 있을 줄 알았어? 자, 얼른 이거 가지고 가서 씻기나 하게.
전 부칠 재료들이니까 싹싹 씻으라고."

"어째 내가 제일 바쁜 것 같은데?"

"무슨 소리야. 자네가 장작 못 패겠다고 해서 내가 장작도 팼지,
도토리 가루 내는 것도 내가 했지, 또……."

계속 이어질 것 같은 종하의 말에 산영이 얼른 종하가 내민 감
자와 파를 들고 우물가로 향했다.

"알겠어, 알겠다고! 하면 될 거 아냐!"

씩씩거리는 산영을 보며 강율이 웃음을 터뜨렸다.

"강율, 자네까지 웃으면 어떡해?"

"아, 미안 미안. 하지만 자네 모습이 너무 웃겨서……."

"이제는 강율까지 나를 업신여기는군."

"업신여기다니. 그만큼 우리가 친해졌다는 뜻이 아닌가."

"……그래?"

친해졌다는 말에 산영의 표정이 금방 풀렸다.

"나도 이거 다 했으니까 이제 도와줄게."

감자를 씻는 산영의 옆에 강율이 앉았다. 퍼 올린 우물물에 감자들이 뽀얗게 씻겨 나갔다.

"올해 감자는 알이 굵지가 않네."

옆에 있던 아주머니가 그 말에 고개를 저으며 입을 열었다.

"그것도 그나마 굵은 거야. 여기도 가뭄이 들어서. 나라가 바뀌면 살기 좋아질 줄 알았는데 이런 가뭄이 들어도 오히려 세금만 더 가져가더라고."

나라가 바뀌면 좋아질 줄 알았다는 한마디가 씁쓸했다.

분명 가온은 많이 바뀌었다. 하지만 정작 이 나라에서 살아가는 진짜 사람들의 실상은 하나도 바뀌지 않았다. 그저 위에 있는 자들의 입맛에 맞추어 이리저리 끌려갈 따름이었다.

"어이쿠야!"

아주머니가 자리에서 일어났다.

"내 정신 좀 보게! 재료 하나를 깜빡했네. 여기 좀 부탁해!"

아주머니가 얼른 자리에서 일어나 대문 밖으로 나섰다. 씻은 감자를 들고 바깥에 설치된 부뚜막으로 가니 아주머니의 딸이 쪼르르 나와서 감자를 받아 갔다. 강율이 눈치껏 불에 솥뚜껑을 거꾸로 걸어 놓았다.

"산영, 저기 있는 돼지기름 좀 주게."

산영이 얼른 접시에 담긴 것을 내밀었다.

"나는 뭐 도와줄 거 없나?"

강율과 산영 사이로 종하가 자연스럽게 끼어들었다. 막 부엌에서 아주머니의 딸이 채 썬 감자를 들고 오는 걸 보곤 강율이 말했다.

"그럼 저 감자들을 좀 섞어 주게. 이거 달궈질 때까지 반죽을 만들어야 하니까."

"일도 아니지."

종하가 보란 듯이 채 썬 것들을 받아다가 달걀과 이것저것을 넣어 전을 부칠 반죽을 만들었다. 익숙하게 일을 처리하는 종하를 보면서 강율이 예상 외라는 듯 말했다.

"해 본 적 있어?"

"난 곱게 곱게 자란 누구랑은 달라서 말이지. 부엌일은 어릴 때부터 했거든."

"그래? 그것도 몰랐던 사실이군. 겉보기로는 어머니가 물 한 방울 손에 안 묻히고 키우셨을 것 같은데."

강율의 말에 순간 종하의 표정이 어두워졌다. 그러나 그런 종하의 모습을 본 사람은 아무도 없었다.

"어머니라……."

종하가 중얼거렸다.

미리뫼에 와서 강율의 부모님을 만나고 또 강율이 어떻게 자라 왔는지 직접 보고 느끼게 되면서 종하는 자신의 어린 시절을 떠올리지 않을 수 없었다.

어머니는 매일 약에 취해 잠들어 있었고, 할머니도 할아버지도 오지 않는 날이면 종하는 자신이 쓸모없는 물건처럼 느껴졌다. 이가 빠져 더 이상 사용하지 않는 접시나 아무도 돌보지 않아 말라 비틀어진 화분처럼, 아무도 자신을 쳐다보지 않았다.

어린 날을 떠올리면 종하는 자신이 내버려진 채 있었다는 기분이 가장 먼저 들었다. 부엌일도 자신이 하지 않으면 아무것도 먹을 게 없었기에 그저 살아남기 위해 한 것이었다.

어머니는 늘 종하더러 고귀한 피를 이었고 이런 대접을 받을 사람이 아니라고 말했지만, 한 번도 자신을 그리 대해 주진 않았다. 그저 모든 게 허황된 말뿐이었다.

그래서 종하 역시 한 번도 어머니의 말에 귀를 기울인 적이 없었다. 하지만 틈 안에서의 사고를 겪고 난 후, 물어봐야겠다는 생각이 들었다.

그러나 방학이 시작된 지금까지도 계속 미뤄 온 까닭은,

'어머니를 대하는 게 아직도 편하지만은 않으니까.'

거기까지 생각한 종하가 가볍게 한숨을 내쉬었다.

"그럼 언니는 둘 중 누구랑 혼인할 거예요?"

갑자기 옆에서 들려온 질문에 종하가 눈을 커다랗게 뜨고 그쪽을 바라보았다. 아주머니의 딸이라던 여자아이가 궁금증을 참지 못하겠다는 듯 강율을 향해 눈을 빛내고 있었다. 잠깐 고민하던 여자애가 고개를 갸웃거리며 다시 물었다.

"아, 혹시 둘 다……?"

강율이 냅다 손을 저었다.

"그게 무슨 말이야! 아니야!"

여자아이가 눈을 깜박이며 강율 옆에 서 있는 종하와 산영을 한 번씩 보았다.

"이상하네. 오라버니들이 언니 보는 눈에서 꿀이 뚝뚝 떨어지는데."

그 말에는 이제 종하와 산영도 시선을 피했다.

폭탄 같은 발언에 셋이 어쩔 줄 모르겠다는 표정을 지었다. 산영은 눈을 질끈 감았고 종하는 먼 산만 바라보았다. 어색한 기류가 셋을 휘감았다. 셋 다 아무 말도 하지 못한 채 귀까지 빨개져 딴청을 피울 뿐이었다.

강율이 눈을 깜박이다가 제 앞에 놓인 솥뚜껑을 바라보았다.

그러자 처음 올려 둔 전이 새까맣게 탄 게 눈에 들어왔다.

"안 돼!"

허겁지겁 전을 뚜껑에서 내렸지만 이미 다 탄 전을 되살릴 수 있는 방법은 없었다. 그 모습을 본 아이가 할머니처럼 쯧쯧 혀를 차곤 고개를 내저었다.

마당 한쪽에 피워 놓은 모깃불이 타닥거리는 소리를 내면서 연기를 뿜어 올렸고 휘영청 뜬 달은 다른 불빛 없이도 마당을 훤하게 비추었다. 넓은 마당에 평상이며 멍석이 깔렸다. 다른 동네 사람들도 농사일을 마치고 하나씩 들어왔다.

그 모습을 보는 강율의 얼굴에 미소가 번졌다. 고향이란 이렇게 보고만 있어도 푸근한 마음이 들게 만드는 존재였다. 게다가 지금 자신의 곁에는 가장 소중한 벗들까지 있었다.

"날도 더운데 다들 맛있게 드시고 남은 농사도 힘내서 해 봅시다! 그리고 이건 가온에서 내려온 술사들을 위한 잔치이기도 하니 다들 박수 한번 쳐 줍시다!"

삼이 아재의 말에 마당에 모인 마을 사람들이 박수를 쳤다. 강율이 머쓱한 표정을 지었다.

"별로 한 것도 없는데……. 아무튼 감사합니다."

"그럼 다들 맛있게 드십시오!"

삼이 아재의 말에 전부 음식을 들었다. 강율이 종하와 산영에게 손짓했다.

"우리도 앉아서 먹지. 다들 열심히 만들었잖아."

그 말에 둘은 자연스럽게 강율의 양옆으로 자리를 잡았다. 강율이 고개를 저었다.

"참나. 자네들이 이러니까 우리가 그런 오해를 받는 게 아닌가."

"므흔어해?"

전을 입 안 가득히 밀어 넣은 산영이 되물었다. 강율이 손을 들어올렸다.

"입에 넣은 건 다 먹고 말하게."

얼른 전을 삼킨 산영이 다시 입을 열었다.

"무슨 오해?"

강율이 살짝 머뭇거렸다.

"아니, 아까처럼 말이야. 뭐…… 혼인할 사람이라든지, 이런 거 말이야."

"뭐 어때."

그렇게 대답한 건 옆에서 가만히 이야기를 듣고 있던 종하였다. 강율이 놀란 목소리로 물었다.

"뭐라고?"

저쪽에 있던 시루떡을 받아 오며 종하가 담담한 어투로 말을 이었다.

"뭐 어떠냐고. 어차피 이제 우리는 앞으로 생사를 함께 넘을 사람이 아닌가. 어떻게 보면 혼인보다 더 강력하게 묶여 있는 건데."

"오, 간만에 맞는 소리를 하는군."

산영도 종하의 말에 고개를 끄덕였다.

"강율, 자네는 그렇게 생각하지 않아?"

그렇게 묻는 두 사람의 시선이 동시에 강율을 향했다. 강아지처럼 눈을 빛내며 바라보는 두 사람의 얼굴을 강율이 가만히 쳐다보았다. 강율이 어이없다는 듯 말했다.

"대체 뭐야. 둘이 짜기라도 한 것처럼."

산영이 놀리듯 대답했다.

"여기서 아니라고 하면 이제 강율만 못된 사람 되는 거지 뭐."

"못된 사람 될 수는 없으니까……."

강율이 웃으면서 입을 열었다.

"나도 그렇게 생각하네. 자네들과 똑같이."

그 말을 들은 둘의 얼굴에 미소가 번졌다.

"그렇지? 우리는 이렇게 늘 셋이 있는 거지?"

산영의 말에 강율이 고개를 끄덕였다.

"응. 우리는 죽음까지 함께하기로 한 짝꿍이니까."

그런 셋의 앞에 아까 그 폭탄 같은 말을 던졌던 여자애가 다가
왔다.

"이거, 드리라는데요."

"이게 뭐……."

시원한 잔 안에는 꽃을 동동 띄운 음료가 들어 있었다.

"시원하게 드시라고요."

아이에게 고맙다고 말하고는 강율이 잔을 산영과 종하에게 나
누어 주었다.

가볍게 잔 부딪치는 소리가 시끌벅적한 사람들 목소리 위에 겹
쳐졌다.

♌ 12 ♌
여름의 기억

"와아, 정말 한여름이로군!"

논에 자란 잡초를 뽑던 산영이 고개를 들곤 구름 한 점 없는 하늘을 올려다보았다. 어머니 아버지는 푹 쉬라고 했지만 이런 시골에선 몸을 움직이지 않으면 달리 할 것도 없었다.

"어떤가!"

산영이 자신이 뽑은 잡초의 양을 자랑했다.

강율이 웃었다.

"둘 다 처음 하는 것치고는 많이 뽑았어. 생각보다 잘한다고 어머니께서 칭찬을 하시더라고."

"정말?"

강율의 말에 산영이 밝아진 목소리로 물었다.

"그럼. 그리고 다른 마을에도 둘의 명성이 쫙 퍼졌던데?"

"뭐라고?"

무슨 명성인지 궁금한 건 종도 마찬가지인 듯했다. 말을 해 줄까 말까 고민하던 강율이 선심 썼다는 듯 답했다.

"잘생긴 청년들이 일도 잘한다고."

그 말에 산영이 허리에 손을 올리고 고개를 끄덕였다.

"하하! 역시! 다들 알아보시는군!"

"해가 더 뜨면 논물도 뜨거워질 것 같군. 오늘 일은 여기까지 하지. 괜히 더 했다가는 더위 먹고 쓰러질 수도 있어."

"그럼 우리 이렇게 땀도 났는데 저기 개울에서 몸이라도 식히고 가면 안 돼? 위쪽으로 올라가면 나무가 우거져서 시원한 곳이 있 던데."

"간만에 좋은 걸 알아 왔군, 산영. 나도 좋네. 어차피 땀으로 젖 나 물로 젖나 옷 젖는 건 매한가지니까."

"이럴 때만 의견의 일치가 빠르지."

강율이 혀를 찼다. 하지만 이렇게 무더운 날 시원한 물에 발이 라도 담그고 있으면 좋을 것 같긴 했다.

"그래도 나쁘지 않을 것 같네."

"좋아! 강율도 허락했으니 당장 가자고!"

뜨거운 뙤약볕 아래에서도 매미 소리는 대차게 울려 퍼졌다. 개울은 그리 멀지 않았다. 물이 잔잔하게 흐르는 아래쪽에 누군가 수박과 참외 몇 개를 가져다 놓은 게 보였다.

물은 맑았다. 개울의 폭이 넓은 건 아니었지만 마을 아이들이 놀 만큼은 됐다. 수풀 속에서는 개구리며 풀벌레들이 개굴개굴, 쓰쓰 울었고 개울물 위를 이른 잠자리가 날아다녔다. 시원한 물 냄새가 코끝을 확 스쳤다.

"와!"

산영이 제일 먼저 개울물로 뛰어들었다.

풍덩!

시원한 물소리와 함께 은빛 물방울들이 사방팔방으로 흩뿌려졌다.

"진짜 시원해! 자네들도 들어오게!"

산영이 손을 흔들었다. 종하도 더는 못 참겠는지 물 안으로 들어갔다. 물론 산영보다는 훨씬 더 조용한 움직임이었다.

"강율 자네도!"

산영이 차가운 개울물을 손에 담아다가 뿌리자, 차가운 물방울들이 강율의 손등을 적셨다.

시원하긴 했다. 강율의 입가에 저절로 미소가 번졌다. 입고 있던 치마를 둥둥 걷어 젖지 않도록 끈으로 고정시켰다.

"각오하게!"

신도 벗어 두고 맨발로 개울에 들어온 강율이 산영에게 물을 뿌렸다. 산영의 다갈색 머리카락이 흠뻑 젖었다.

"와, 너무한 거 아니야? 난 옷도 안 젖게 해 줬잖아!"

"산영, 네가 먼저 한 거잖아! 그 정도는 받아야지."

"뭐? 강율, 이리 와!"

산영이 강율을 붙잡으려는 듯 그쪽으로 향했다. 그러나 산영이 등을 보인 순간을 놓치지 않고 종하가 뒤에서 엄청난 기세로 물을 퍼부었다.

"으악!"

쫄딱 젖은 쥐 신세가 된 산영이 젖은 머리칼을 넘겼다. 종하가 하하 웃으며 저 멀리로 도망쳤다.

"김종하!"

이번에는 봐주지 않겠다는 듯 산영이 첨벙거리면서 종하를 향해 뛰어갔다.

"그러다가 넘어지면 큰일 난다?"

강율이 뒤에서 소리쳤지만 둘의 귀에는 들리지 않는 모양이었다. 둘이서 물장구를 치며 난리법석을 피우는 모습을 보면서 강율도 웃었다.

뛰어다니는 둘 위로 햇살이 아롱거렸다. 새파란 나뭇잎 사이로 들이치는 햇살이었다. 산영과 종하가 물을 튀길 때마다 짧은 무지개가 만들어졌다.

아무것도 걱정할 게 없었다. 고향은 평화로웠고 가장 소중한 벗들과 함께하는 시간은 즐거웠다.

먼 훗날, 여름에 대한 기억을 떠올리라고 한다면 지금 이 광경을 가장 먼저 생각할 것 같았다.

바스락.

그때, 낯선 소리가 강율의 귓가를 스쳤다. 그리고 시선이 마주쳤다.

"……어?"

덤불 사이에 가만히 있는 검은색 눈동자. 텅 빈 그 얼굴이 익숙했다.

"당신은."

강율이 거기까지 말했을 때 수풀 속에서 뛰쳐나온 남자가 강율의 입을 틀어막았다. 갑작스러운 상황에 산영과 종하가 이쪽으로 다가오려 했다.

"오지 마!"

날카로운 목소리. 그러나 힘은 없었다. 강율은 남자의 몸이 앙상하다는 것을 느꼈다. 오래 누적된 피로와 고난의 냄새.

강율은 자신이 어디서 남자를 보았는지 떠올렸다. 미리뢰로 오던 기차 안에서 순사들에게 잡혀가던 모습, 그리고 그보다도 더 오래전, 환하게 웃던 남자아이의 모습이 떠올랐다.

"강율! 지금 우리가 판을 열 테니……."

종하가 외쳤다. 판이 열리고 강율이 주문만 외울 수 있다면 보통 사람에게서 벗어나는 것 정도는 어렵지 않았다. 그러나 종하의 말은 강율의 목소리에 멈췄다.

"동희……."

그 말을 들은 남자가 순간 부르르 떨었다. 남자의 반응을 느낀 강율이 이번엔 확실한 목소리로 말했다.

"동희야, 나 강율이야!"

그 한마디가 마치 주문처럼 남자의 동작을 멈추게 만들었다. 강율이 이제는 완전히 힘이 빠진 남자의 손을 자신의 얼굴에서 떼어 냈다. 그러곤 남자를 똑바로 바라보았다.

"너, 동희 맞지?"

제3장

여름의 끝

🎵 13 🎵
불면을 쫓는 주문

동희의 아버지가 밖으로 달려 나왔다. 그와 함께 동희가 마당
안에 들어섰다.

"아, 아버지……!"

"동희야, 동희 너 맞느냐!"

동희 아버지가 여기저기 상처투성이인 동희의 얼굴을 보았다.

"도대체 이게 무슨 일이야! 어째서, 우리 동희가!"

"아저씨! 절 알아보시겠어요?"

동희 아버지의 울음소리가 더 커지기 전에 강율이 재빨리 자신
을 가리키며 물었다.

"넌……."

"저쪽 작은 벌 너머 사는 강율이입니다."

그 말에 겨우 기억났는지 동희 아버지가 고개를 끄덕였다. 강율
이 바로 말을 이었다.

"지금 동희는 경시청 순사들에게 쫓기고 있습니다. 어디에 순사
들이 있을지 몰라요. 동희가 이곳에 돌아왔다는 사실을 들키면
안 됩니다. 일단 방 안으로 들어가시죠."

이어진 강율의 말에 동희 아버지가 순간 숨을 훅 들이켰다.

"순사들에게……? 쫓기고 있다고? 동희가?"

"어째서인지는 모릅니다. 하지만 저희가 미리뫼로 내려오는 기
차 안에서 순사에게 잡히는 동희를 봤습니다."

동희 아버지가 아들의 몸에 난 흔적들을 보았다. 누렇게 변한
멍 자국 위에 새로 생긴 듯한 시퍼런 멍이 또 들어 있었다. 멍만
이 아니었다. 상처와 피딱지도 가득했다. 보이는 것만으로도 이런
데 옷 아래 보이지 않는 부분에는 얼마나 더 많은 상처들이 있을
지 상상할 수가 없었다.

"왜……. 대체 왜 우리 동희가……."

동희를 붙잡은 채, 멍하니 중얼거리는 동희 아버지의 모습을 보
면서 강율이 입술을 깨물었다.

"도대체 어디서 무슨 짓을 당한 거냐, 응?"

그때 바깥에서 커다란 소리가 났다.

쾅쾅쾅!

바깥쪽 대문을 무섭게 두드리는 소리였다. 그 소리에 동희의 표정이 새파랗게 질렸다.

"여기 있는 것 알아! 당장 나와!"

뭔가 우지끈 부서지는 소리가 났다. 곧이어 소란스러운 발소리가 들리더니 장지문이 벌컥 열렸다.

날카롭게 각이 잡힌 제복, 뜨거운 햇볕 아래 서슬 퍼렇게 빛나는 검, 모자의 그늘 아래 번득이는 두 눈동자.

"여기 있습니다!"

가장 먼저 들어온 순사가 숨어 있는 동희를 발견하곤 소리쳤다. 우르르 들어온 순사들의 장화 신은 발이 마구잡이로 방 안을 헤집었다.

아버지가 동희를 제 뒤로 숨겼다.

"이게 대체 무슨 일입니까!"

"그놈이 감히 총통 각하의 몸에 상해를 입히려고 했단 말이다!"

"그게 무슨……."

아버지의 얼굴에서 핏기가 사라졌다.

앞에 있던 순사가 우악스럽게 동희의 팔을 잡아챘다. 아버지가 온 힘을 다해 순사의 손을 뿌리쳤다.

"안 됩니다! 우리 아들이 그런 짓을 했을 리가 없습니다! 그리고 이렇게 잡아가는 것은 순리에도 맞지 않습니다! 이렇게 잡아가려면 그 전에 적절한 재판이⋯⋯."

아악, 하는 비명 소리가 났다.

"아저씨!"

강율이 놀라 나동그라진 동희 아버지에게 달려갔다. 동희 아버지의 입에서 신음 소리가 흘러나왔다.

"아버지! 아버지!"

순사에게 붙잡힌 동희가 아버지를 쳐다보며 외쳤다.

"동희야, 너 정말로 그런 짓을 한 거니?"

아버지의 물음에 동희가 상처가 가득한 얼굴을 내저었다.

"아닙니다, 아버지! 아니에요! 그저 지나다가 농민 시위에 참가했을 뿐인데⋯⋯."

농민 시위가 일어났다는 이야기는 강율도 들은 적 있었다. 가온의 북쪽은 몇 달 내내 비가 내리지 않아 농사가 전부 망해 버렸다고 했다. 그러나 총통은 그런 사정을 전혀 고려하지 않은 채 세금을 올렸고 이에 농민들이 총통 관저 앞에서 모여 시위를 벌였다는 거였다. 최소한 올해만이라도 세금 인상을 유예해 달라는 것이 농민들의 주장이었다.

"그 사람들의 이야기를 들으니 아버지 생각이 났어요. 그래서, 그래서 시위에도 참가했고 다른 사람들과 함께 돌을 던졌던 것뿐인데……."

동희의 목소리가 떨렸다. 동희 아버지가 외쳤다.

"그 정도의 일로 어찌 사람을 이리 대할 수 있단 말이오! 내 아들을 여기서 잡아가게 둘 수 없어!"

"그래? 네가 뭐 어쩔 건데?"

순사가 가지고 있던 검집으로 동희 아버지의 가슴팍을 쿡쿡 찔렀다.

"이건 총통 각하의 명이다. 해당 시위에 참가했던 반란자들을 모두 잡아 구금시키라는. 지금 네 아들은 이 나라를 전복시키고 총통 각하를 암살하고자 했어! 이게 지금 큰일이 아니라고 생각하는 건가? 그렇다면 당연히 너 역시 잡아가야겠군!"

순사의 눈짓에 뒤에 있던 다른 이들이 나서서 동희 아버지의 양팔을 거칠게 붙잡았다.

"아악!"

동희 아버지 입에서 비명이 새어 나왔다. 옆에 있던 강율이 외쳤다.

"이건 너무하지 않습니까!"

"뭐라고?"

강율이 떨리는 목소리로 대답했다.

"우리 가온은 법이 있는 나라입니다! 이런 식으로 재판도 없이 사람을 잡아가거나 구금할 수 없소!"

"지금 감히……!"

강율을 향해 순사가 손을 뻗었다. 하지만 순사의 손은 강율에게 닿지 못했다. 산영이 순사의 손목을 잡아당긴 것이다.

"뭐하는 거야?"

순사가 거칠게 외쳤다. 그러나 산영은 움직이지 않았다.

"산영, 당장 그 손을 놓게!"

강율이 그렇게 말했지만 산영은 오히려 순사의 손목을 쥔 손에 더 힘을 주었다. 순사의 입에서 으윽, 소리가 나왔다. 산영에게 붙잡힌 순사가 다른 이들에게 외쳤다.

"총통 각하를 해하려고 했던 놈들과 그 작당들이다! 전부 잡아들여!"

"……강율, 도망쳐!"

그건 순사에게 잡힌 동희의 외침이었다. 동희와 강율의 눈이 마주쳤다.

왜 바로 깨닫지 못했을까.

지금까지는 외면해 왔던 사실들을.

종하와 산영이 반총통파 활동을 하는 걸 알면서도 강율 자신은 그 일에 적극적으로 나서지 않았다. 그런 일들은 자신 말고 다른 사람들의 것이라 생각했고, 굳이 자신이 나서지 않아도 될 일이라 여겼다. 또 어쩌면 그렇게 해 봤자 변하는 게 없을 거라고 막연히 생각했는지도 모른다.

"그냥 도망쳐! 나는 어차피 이들에게 또 잡힐 거야, 그러니 너희라도 도망쳐!"

동희의 처절한 목소리가 강율의 귀청을 때렸다.

동시에 순사 하나가 강율의 머리를 휘어잡았다. 몸이 한쪽으로 쏠리는 게 느껴졌다.

"강율!"

산영이 눈을 부릅뜨며 소리쳤다.

동희는 얼굴이 완전히 바닥에 처박혔다. 그 뒤로 동희의 아버지도 무릎이 꿇려 있는 게 보였다.

"어째서⋯⋯."

이해할 수 없었다. 아무 반항도 할 수 없는 사람들을 이렇게 함부로 다루다니.

"왜."

이미 총통은 이 나라에서 가장 강력한 권력을 가지고 있었고 뭐든지 할 수 있었다. 그런데도 자신의 권위에 작은 돌 하나 던지는 사람을 용납하지 않았다.

"빨리! 빨리 도망쳐!"

울음 섞인 동희의 목소리가 강율의 귓가를 때렸다.

그때 종하가 강율을 잡고 있던 순사의 몸을 거세게 밀어뜨렸다. 휘청거리는 순간 강율이 순사의 손아귀에서 빠져나왔고 종하가 그대로 산영에게 손짓했다.

"도망쳐야 해!"

지금이 아니면 도망칠 기회가 없다.

종하가 강율의 손을 잡았다. 단단한 종하의 손이 강율을 이끌었다.

"이쪽으로!"

그쪽으로 가야한다는 건 알았다. 지금 도망치지 않으면 안 된다고. 정말로 위험한 상황에 빠질 수 있다고.

그러나 강율은 뒤를 돌아볼 수밖에 없었다.

쓰러져가는 작은 오두막집, 순사들의 거친 발로 짓이겨진 집 안에 동희와 동희의 아버지가 나뒹구는 게 보였다.

만약 여기서 자신들이 이렇게 떠난다면 저 둘의 목숨은 바람 앞의 호롱불처럼 흔들릴 것이다. 아니, 흔들리는 것만이 아니라 곧 꺼질 거라는 것을 누구보다도 잘 알고 있었다.

강율의 눈이 흔들렸다. 그렇게 잘 알면서도 도망친다는 것은, 저들의 죽음에 눈감겠다는 뜻이기도 했다.

'도망칠 수 없어.'

자신은 이미 기차 안에서 한 번 도망쳤다. 그런데 또다시 이렇게 동희를 두고 도망칠 수는 없었다. 만약 지금 여기서 도망친다면, 두고두고 죄책감이 남을 게 분명했다.

'그리고 나에게는 힘이 있잖아.'

일반인들은 할 수 없는 것들을 만들어 낼 수 있는 힘.

어쩌면 자신이 술사가 된 것은 지금 동희를 돕기 위해서인지도 모르겠다는 생각이 들었다. 강율이 우뚝 멈췄다.

"강율……?"

강율이 멈추자 손을 잡고 있던 종하가 뒤를 바라보았다.

"종하, 산영."

셋의 시선이 마주쳤다. 강율의 눈빛을 본 종하가 설마, 하는 표정을 지었다.

"강율, 자네……."

"안 돼!"

안 된다고 외친 건 산영이었다. 하지만 강율의 눈빛은 그대로였다. 뒤로 순사들이 달려오는 소리가 들렸다.

"곧 잡힐 거야. 그 전에 결정을 내려야 해."

강율이 세상에서 가장 사랑하는 두 친우를 바라보았다.

"이미 자네들도 걷는 길이 아닌가. 지금까지 나는 그저 방관적인 자세로 보고 있기만 했지. 알면서도 모른 척하고 있었어."

자신에게 직접적인 피해가 있지 않은 이상, 그저 아직 먼 일일 뿐이라고. 그리고 자신의 벗들도 그런 위험한 일을 하지 않으면 좋겠다고.

"하지만 이제는 그럴 수가 없을 것 같아. 나는 저들을 도와주어야 해."

이제 와서 그 알량한 양심이 움직이는 거냐고 비꼬아도 할 말은 없었다.

정말로 그랬으니까.

강율의 선택은 나라를 구하겠다는 대의, 혹은 신념 같은 것에 따른 행동이 아니었다. 그저 지금 눈앞에 펼쳐진 이 상황을 도저히 외면할 수 없는 것뿐이었다.

"후회할 수도 있어, 강율."

종하의 말이었다. 강율이 떨리는 시선으로 고개를 끄덕였다.

"알아. 어쩌면 후회할 수도 있겠지."

그때 내가 조금 참았더라면, 그냥 불의를 못 본 척했더라면, 자기 목숨을 제일 귀하게 생각했다면, 하고 후회할 수도 있다.

"그런데 지금…… 여기서 도망친다면 내 미래는 없을 거야. 후회할 수 있는 날도 찾아오지 않을 거야. 그저 스스로에 대한 혐오감과 죄책감만이 나를 짓누를 거라고."

강율이 둘을 바라보았다. 그리고 스스로에게 선언하듯 말했다.

"그러니 난 지금 저들을 도와주어야 해."

그 말에는 힘이 있었다. 주문을 가지고 자신만의 세상을 새로 만들어 내는 실현자의 말이 가지고 있는 힘.

강율이 어떤 결정을 내렸는지 종하와 산영도 확실히 깨달았다.

"좋아."

셋이 이쪽을 향해 달려오는 순사들을 바라보았다.

다행인 점은 이곳이 미리뫼에서도 인적이 드문 곳이라 다른 동네 사람들이 휘말릴 일이 없다는 것, 그리고 이곳까지 온 순사들의 숫자가 고작 대여섯 명이라는 것이었다.

"어떤 주문을 외울지는 생각했어?"

종하의 물음에 강율이 고개를 저었다. 어떤 주문을 어떻게 외워야 할지 아직 정하지도 못했다. 그러나 당장 급한 것은 이 상황을 뒤바꾸어 놓아야 한다는 거였다.

"아니. 하지만 일단은 판을 열게!"

강율의 말에 산영이 자신의 울채를 들고 단박에 여는 소리를 외쳤다.

"이 세상 한판 신나게 놀아 보세!"

그 뒤를 이어 종하 역시 부채를 들고 외쳤다.

"그것은 내가 너의 죽음까지도 사랑하는 까닭이다!"

두 개의 판이 펼쳐지고, 너른 세계가 강율을 반겼다. 두 벗의 마음으로 펼친 세상에서는 무엇이든 할 수 있었다. 강율이 마지막으로 자신의 여는 소리를 외웠다.

"고요의 껍질을 찢어라!"

그리고 겹쳐진 세 개의 판.

저쪽에서 달려오던 순사들 역시 뭔가 이상하다는 걸 깨달은 듯 했다. 하지만 그때는 이미 늦었다.

"깊은 밤, 더 깊은 밤, 아무도 깨어나지 못하는 잠 속에서……."

강율이 주문을 외우기 시작했다.

그건 지난번 설 교수의 과제로 제출했던 불면을 쫓는 주문이었다. 주문 자체는 특별한 게 아니었다. 술사라면 이와 비슷한 효과를 가지는 주문 한두 개씩은 있었으니까.

말똥말똥하던 눈이 스르르 감기고 온몸이 나른해지는 효과. 물론 그 정도로 지금 이 상황을 뒤엎을 수는 없었다. 그러나 강율에겐 하나 더 믿는 구석이 있었다.

"……강율!"

자신을 부르는 종하의 목소리와 함께 엄청난 힘이 전해졌다.

종하가 증폭시킨 거대한 힘이 강율의 주문 안으로 깃들었다. 평소라면 주문의 용도에 맞게 증폭된 힘의 일부만 사용했을 것이다.

"가장 아름다운 꿈을 꾸어라!"

그러나 이번에는 달랐다. 종하가 증폭한 힘을 전부 사용해 주문을 만들었다. 그러자 불면을 쫓기 위한 주문은 강력한 수면에 빠지게 만드는 주문으로 변했다.

"……어?"

가장 앞에 있던 순사가 그 소리만을 남긴 채 땅바닥에 쓰러졌다. 그러곤 그대로 깊은 잠에 빠졌다.

털썩, 털썩!

그건 뒤에 있던 다른 순사들도 마찬가지였다. 무슨 일이 일어났는지 깨닫고 제 몸을 때리며 눈을 뜨려고 하는 자도 있었지만 그 정도로는 쏟아지는 잠을 막을 수 없었다.

"안 돼! 안 돼……."

마지막 순사가 결국 무릎을 꿇고 앞으로 고꾸라졌다.

잠든 순사들의 얼굴은 모두가 편안해 보였다. 정말로 가장 아름다운 꿈을 꾸는 것처럼.

강율이 잠에 빠진 순사들 사이를 되짚어 다시 동희의 집으로 갔다.

"동희야."

강율의 목소리에 동희가 천천히 고개를 들었다. 그러곤 쓰러진 순사들을 보았다.

"왜……."

그 말엔 많은 감정들이 응축되어 있었다.

자신을 위해 이렇게까지 한 강율에 대한 고마움, 미안함, 걱정스러움, 그리고 작은 희망까지.

"미안해."

강율이 작은 목소리로 말했다.

"처음부터 너를 도와주지 못해서."

"강율아……."

"그러니 도망쳐. 살아남아. 그리고 언젠가 다시 보자."

강율의 말을 들은 동희가 주먹을 쥐었다. 그러곤 자리에서 일어났다. 상처와 멍이 가득한 그의 얼굴은 변한 게 없었지만 눈빛만은 달라져 있었다.

"꼭 다시 보자."

그건 서로에게 전하는 진심이었다. 자리에서 일어난 동희가 아버지를 들쳐 업었다.

"괜찮겠어?"

강율의 물음에 동희가 고개를 끄덕였다.

"기차에서 저들에게 잡히기 전에 세워 뒀던 탈출 계획이 있어. 난 이 나라를 떠날 생각이야."

"그 편이 안전하겠지."

"……마지막까지 포기하지 않아 줘서 고맙다."

그게 동희의 마지막 말이었다.

♪ 14 ♪
김찬용

"예, 증거물은 확보했습니다."

낮은 목소리가 수화기 너머로 이어졌다.

"충분합니다."

가느다랗고 길쭉한 눈동자가 창밖 아직 어두운 하늘을 힐긋 바라보았다.

"지금이 적기라고 생각합니다. 확실한 이유가 있을 때 일을 처리하는 것이 좋을 듯싶습니다. 게다가 짝꿍까지 생긴 그 아이에겐 그동안 우리가 만들었던 가짜 증폭자와는 차원이 다른 힘이 있을 겁니다. '그 실험'도 성공했으니 이제 다음 차례로 넘어가는 것이 맞습니다."

들려오는 대답을 듣던 김찬용이 전화기를 든 채 깊게 고개를 숙였다. 보는 사람이 아무도 없어도 아주 깍듯한 태도였다.

"예. 목표물은 최대한 안전하게 확보하겠습니다. 그 여자에게도 연락을 넣겠습니다. 모든 것은 각하를 위해."

그 말을 마치고 김찬용이 전화를 끊었다.

그리고 바깥으로 나갔다. 김찬용을 기다리고 있던 친위대 대원들이 그를 바라보았다.

"각하께서는 뭐라고 하십니까?"

김찬용이 고개를 끄덕였다.

"작전을 개시해도 좋다 하셨네."

그 말에 대원들이 전부 자리에서 일어나 경례를 해 보였다.

"각하의 뜻을 목숨처럼 받들겠습니다!"

절도 있는 움직임에 김찬용이 희미한 미소를 머금었다. 그러나 그의 두 눈은 깊게 번득일 뿐이었다.

"명분은 충분히 생겼으니, 이제는 거침없이 움직인다. 알겠나?"

"예!"

"가온학사는 이제…… 영영 문을 닫게 될 거야."

김찬용이 중얼거렸다. 그의 손에는 술법주가 있었다. 짧은 영상을 담아 다시 볼 수 있는 특별한 힘을 가진 구슬이었다.

"그동안 가온학사를 너무 풀어 주었지. 어쩌면 자신들이 세상을 바꿀 수 있을지도 모른다는 생각이 들 지금, 그 모든 게 다 헛된 생각이었다는 것을 뼈저리게 알 게 될 것이다. 일이 이렇게 된 이상, 총괄 교수라는 놈도 아무 말 하지 못할 테지."

김찬용이 말을 이었다.

"이 세상은 총통 각하의 것이고, 이곳에는 커다란 그물이 펼쳐져 있는 거나 다름없지. 그리고 너희는 이제 그 그물에 걸린 가련한 물고기들일 뿐이다."

✦ 15 ✦
저는 올바른 일을 하려 합니다

"고맙네."

강율의 말에 종하와 산영이 강율을 보았다. 산영이 먼저 입을 열었다.

"고맙다니. 그건 우리가 해야 할 말이지. 그곳에서 도망치지 않아 줘서, 그 상황을 어떻게든 이겨 내려고 해 줘서 고마워."

"맞아. 자네의 결정이 아니었다면 우리도 그렇게까지 하진 못했을 거야."

종하도 한마디 덧붙였다.

"무사히 잘 도망쳤으면 좋으련만."

강율이 작게 한숨을 쉬었다. 하지만 문제는 동희만이 아니었다. 종하가 낮은 목소리로 말했다.

"다들 짐 챙길 건 별로 없지?"

"응. 가져온 것도 많이 없었으니까."

"그럼 가장 빠른 차편으로 즉시 미리뫼를 떠나도록 하지."

종하의 말에 강율과 산영 둘 다 어두운 얼굴로 고개를 끄덕였다. 지금 당장 미리뫼를 떠나야 한다는 것에는 셋 다 동의했다.

"엄청난 힘을 쏟아부은 주문이니, 적어도 꼬박 하루는 가겠지만……. 그들이 돌아오지 않는다는 걸 안 다른 순사들이 이상하게 여길 수도 있는 것이고 또 개중에서도 의지가 강한 사람이라면 빨리 깨어날 수도 있네."

산영이 고개를 끄덕이며 말했다.

"아직은 우리가 누군지 모르겠지만 곧 정체를 들킬 수 있어. 술법을 한 번도 못 본 사람이라면 자신에게 무슨 일이 일어났는지도 모르겠지만 술사에 대해 아는 사람이라면……."

"분명 알아차리겠지. 게다가 셋으로 짝꿍을 맺어 활동하는 술사는 우리밖에 없으니까."

강율의 이야기에 다들 가만히 입을 다물었다.

"그러니 일단은 빨리 학사로 되돌아가야 해. 만약에 정말 무슨 일이 생기더라도 설 교수님의 도움을 받을 수 있을 테니까."

다들 고개를 끄덕였다.

강율이 이제 어둠에 잠긴 집을 바라보았다. 이렇게 갑작스레 떠난다고 말을 하면 부모님이 걱정하실 게 분명했다.

"아."

작은 등불을 들고 누군가 집 바깥으로 나오는 게 보였다. 어머니였다.

강율을 본 어머니가 이쪽으로 다가오다가 발걸음을 멈췄다.

"무슨 일이냐. 무슨 일이 있었어?"

강율이 입술을 깨물었다. 여기서 눈물이라도 비친다면 어머니가 얼마나 걱정할지 충분히 잘 알기 때문이었다.

"어머니, 죄송해요. 저녁은 못 먹을 것 같습니다. 지금 올라가 봐야 해요."

"응? 아니, 왜. 닭도 잡아 놨는데……."

"부인."

어머니의 말을 끊은 건 사랑방에서 나온 아버지였다. 어둠이 내려앉은 집 마당엔 이제 부모님과 세 아이들이 섰다.

아버지가 강율, 그리고 나머지 둘을 찬찬히 보았다.

"결심한 얼굴들이구나. 무슨 일이냐고 물어도 이미 늦었겠지. 그렇지 않느냐?"

아버지의 목소리엔 슬픔이 묻어 있었다.

"내가 너를 가온까지 보낸 것은, 다만 네가 배울 수 있는 것을 배우길 원해서였다."

"저도……, 저도 잘 알고 있습니다. 그렇기 때문에 지금 이런 선택을 하는 것입니다."

잠깐 고민하던 아버지가 낮은 목소리로 물었다.

"정말로 반총통파와 관계된 일인 거냐?"

그 물음에 강율의 눈에 커졌다. 거기까지 짐작하고 계실 줄은 몰랐던 것이다.

"그, 그걸 어찌……."

"뭐라고!?"

그 말을 들은 어머니가 놀란 목소리로 외쳤다.

"반총통파라니! 그런 위험한 일에 네가 도대체 왜 가담한다는 말이냐! 말도 안 된다! 그런 위험한 일을 네가, 어찌!"

아버지가 강율을 보았다.

"마지막으로 이 아비와 어미 생각을 해 주면 안 되겠니?"

강율이 나지막한 어조로 대답했다.

"생각을 했기에 그런 일에 뛰어든 겁니다, 아버지. 모두가 다 같이 죽는 것과 그 전에 막을 수 있는 것. 둘 중 무엇을 선택할지는 당연한 결과 아니겠습니까?"

"강율……!"

종하가 뭐라 말을 하려 했지만 강율이 고개를 가로저었다.

이미 자신은 선택을 했으니 언젠가 한 번은 해야 할 이야기였다. 강율이 아버지를 쳐다보았다.

"아버지도 아시지 않습니까. 지금이 마지막 때라는 것을요. 희망은 언제나 있는 것이 아니기에 있을 때 붙잡아야 합니다."

"안다. 모르겠느냐? 네가 가진 이상도 알고 작금의 비통한 현실도 안다. 그러나 그것을, 왜 지금 네가 해야 하냔 말이다."

"……결국엔 그것이 저와 우리 가족과 제가 사랑하는 사람들을 모두 자유롭게 만들 테니까요."

그 말에 아버지가 강율을 쳐다보았다.

동희를 위해 판을 연 순간, 이미 모든 게 결정된 거였다.

"강율아……."

"정말 송구합니다. 하지만 제 뜻도 헤아려 주세요, 아버지. 그동안 제가 아버지에게 배웠던 것들을 진실로 실천할 때입니다. 제가 스스로에게 부끄럽지 않은 삶을 살 수 있도록 해 주십시오."

아버지가 깊은 탄식을 내뱉었다.

강율이 원하는 게 무엇인지 모르는 바는 아니었다. 아무리 시골에 있다고 해도 세상 돌아가는 꼴을 모르진 않았으니까. 그리고 그것이 얼마나 힘든 일인지도 잘 알고 있었다.

"그 길을 가게 된다면 너는…… 마치 횃불을 들고 있는 기수나 다름없게 될 것이다."

그리고 많은 사람들이 횃불을 끄기 위해 달려들 게 분명했다.

부모가 되어 그런 흉흉한 미래를 주고 싶지는 않았다.

"알고 있습니다."

강율이 대답했다.

"괜찮아요. 저는 올바른 일을 하려 합니다. 그러니, 어머니 아버지께서도 늘 건강하시길 바라겠습니다."

겨우 눈물을 닦은 어머니가 강율의 양옆에 서 있는 종하와 산영에게 말했다.

"비록 내가 술사나 술법의 세계에 대해서는 잘 모르지만……. 짝꿍이라는 것이 서로에게 얼마나 중요한 것인지 정도는 짐작하고 있네. 너희들 역시 내 자식이나 마찬가지라고 생각하고 있어. 그러니, 서로서로 잘 챙겨 주길 바라네. 그리고 우리 강율이를…… 잘 부탁하네."

떨리는 목소리에는 진심만이 묻어났다.

"부모들 대신, 너희가 서로의 곁에 있어 주라는 거야. 강율아, 너도 그럴 수 있지?"

"예."

강율이 고개를 끄덕였다.

종하가 입을 열었다.

"무슨 일이 있어도 강율을 위험하게 하지 않겠습니다. 걱정하지 마십시오."

산영도 거들었다.

"저희가 끝까지 지키겠습니다. 함께하겠습니다."

그 말에 겨우 어머니가 고개를 끄덕였다.

"가야 할 길이라면 내가 어찌 막겠느냐."

가만히 그 모습을 보고 있던 아버지가 입을 열었다.

"그래. 그럼 가 보거라. 그러나 항상 너희의 뒤에는 이 아비와 어미가 있다는 것을 잊지 말아라."

그건 무슨 일이 생겨도 셋을 믿을 거라는 말이었다.

"감사합니다. 아버지, 그리고 어머니……."

강율이 손을 모았다. 그러자 옆에 서 있던 종하와 산영도 자세를 가다듬었다.

"절 받으십시오."

세 아이들이 마당에 머리를 대고 절을 하는 모습을 아버지와 어머니가 눈물 어린 표정으로 지켜보았다.

일어선 강율이 부모님을 바라보았다. 백 마디 말보다 더 많은 이야기들이 눈빛을 통해 오갔다.

"가 보겠습니다."

"……부디 몸조심하고 무탈하여라. 그것만이 우리가 바라는 모든 것이다."

자식이 가는 길을 차마 막을 수는 없기에 더 슬픈 말이었다.

♪ 16 ♪
김종하의 핏줄

"으음……"

새어 들어오는 빛에 강율이 천천히 눈을 떴다.

양 어깨에서 느껴지는 무게감에 돌아보니 산영과 종하가 이쪽으로 고개를 기댄 채 자고 있었다. 피로감이 가득한 얼굴이었다.

"아."

그제야 강율은 어젯밤 일이 떠올라 두 눈을 깜박였다. 이곳은 가온으로 가는 열차 안. 일단은 미리뫼를 떠나는 것이 급선무여서 가온으로 가는 열차라면 시간을 가리지 않고 탄 거였다. 덕분에 모든 역은 다 정차하는 가장 느린 열차를 탄 셈이 됐지만.

차창 밖 풍경을 보니 오전이면 가온에 도착할 수 있을 것 같았다. 이렇게 갑작스럽게 가온에 돌아가게 될 줄은 몰랐다.

'어머니와 아버지는……'

어둠이 내려앉은 마당에서 보았던 부모님의 마지막 모습이 떠올랐다. 눈물 바람이던 어머니, 자신을 애틋하게 내려다보던 아버지의 시선. 자고 있는 동생들을 미처 보고 오지 못한 게 안타까울 따름이었다. 억장이 무너질 부모님의 마음은 강율도 잘 알고 있었다. 어떤 부모가 자식이 사지로 간다는 걸 좋아할까.

'그러나 누군가는 해야만 하는 일이니……'

어쩌면 그것도 운명이라 말할 수 있었다. 그 자리에, 그 시간에, 하필이면 옛 친구가 잡혀가는 광경을 보았던 그 상황 전부가 강율을 이 길로 끌어들일 운명이었을지도 몰랐다.

"강율…… 일어났어?"

겨우 눈을 뜬 산영이 강율을 올려다보았다. 눈썹에 잠이 대롱대롱 매달려 있는 얼굴이었다.

"더 자지 그래?"

꼬르륵.

대답 대신 산영의 배에서 우렁찬 뱃고동 소리가 들렸다. 그 소리에 강율이 작게 고개를 내저었다.

"자네⋯⋯. 정말 어디 가서 왕자님이라고 하지 말게."

"참나. 내가 나서서 그런 말을 한 적도 없거든? 그리고 사람이 배고프면 소리 나는 게 당연하지!"

산영의 말에 자고 있던 종하가 깬 모양이었다. 종하가 졸음이 뚝뚝 묻어나는 목소리로 물었다.

"왜 그래. 또 산영이 이상한 말을 했어?"

그 말을 들은 산영이 어이없다는 듯 고개를 저었다.

"대체 그 반응은 또 뭐야? 나는 항상 이상한 말만 하는 사람인 건가?"

"아무래도 좀 그렇지."

딱 잘라 말하는 강율의 대답에 산영이 눈썹을 아래로 늘어뜨렸다. 그런 자신의 표정에 강율이 약하다는 걸 잘 알고 있었다.

"정말 너무해."

강율이 작게 한숨을 쉬었다.

"그래서 지금은 뭘 하고 싶은 건데?"

강율의 말에 산영이 씩 웃었다.

"어차피 종하도 일어났겠다, 가온역에 도착할 때까지 시간도 꽤 남았잖나. 도착한다 해도 바로 학사로 되돌아가야 하고. 그러니 지금 여기서 아침을 좀 먹으면 어떨까, 싶네만."

"역시 또 먹을 것 생각이로군."

"하지만 나 아니면 누가 이런 말을 해? 자네나 종하나 밥을 제 때 챙기기보다는 그냥 굶는 편을 택할 거잖아. 게다가 나는 강율 자네의 부모님께 자네를 부탁받은 사람이야. 거기엔 분명 자네가 끼니를 거르지 않도록 챙기는 것도 포함돼 있을걸?"

산영이 거기까지 말하자 강율이 어쩔 수 없다는 듯 어깨를 으쓱거렸다.

"알겠네, 알겠어. 어차피 먹을 거라면 사람들이 몰릴 때보다 지금 나가는 게 더 좋겠지. 종하, 자네는 어때?"

종하가 겨우 눈만 뜬 채 대답했다.

"그럼 간단히 요깃거리를 하고 오세."

셋이 자리에서 일어났다.

"식당 칸은…… 이쪽이군."

강율이 뒤로 이어진 문을 열었다. 그리고 커튼이 내려진 식당 칸 안으로 들어서자, 뭔가가 잘못되었다는 것을 깨달았다.

철컥.

뒤에서 차가운 금속성 소리가 울렸다.

식당 칸에는 아무도 보이지 않았다. 창문은 전부 두꺼운 붉은 색 커튼으로 가려져 있어 안은 마치 밤 같았다. 창가 사이사이에 걸어 놓은 등불만이 가만히 흔들렸다.

"이게 무슨⋯⋯."

돌아 나가려고 했으나 이미 문은 잠겨 있었다. 뭐가 되었건 좋은 일은 아니었다. 종하가 도망쳐야 한다고 말하려 했을 때, 누군가 식당 칸의 소파에서 일어났다.

종하의 움직임이 멈췄다.

"어째서."

눈 한 번 깜박이지 못한 채 종하가 멍하니 소파에서 일어난 사람을 바라보았다. 얼기설기 대충 쪽을 진 머리칼, 창백한 얼굴과는 맞지 않는 진한 화장, 어딘지 모르게 기묘한 옷차림까지.

"종하야!"

해맑은 목소리가 여자에게서 튀어나왔다. 순간, 종하는 정말로 이곳에서 도망치고 싶었다. 어째서 여기에 저 사람이 있는 건지도 알 수가 없었다. 그저 사라지고 싶은 마음뿐이었다.

"종하야, 네 어미다!"

여자의 그 말이 아무도 없는 식당 칸 안을 커다랗게 울렸다. 그리고 종하만이 아니라 곁에 서 있는 산영과 강율의 귀에도 똑똑히 들렸다.

강율이 종하를 반사적으로 바라보았다. 종하는 눈 하나 깜빡이지 못한 채 여자를 뚫어져라 바라볼 뿐이었다.

한여름이었는데도 제 어머니는 색색의 실로 뜬 뜨개 조끼를 입고 있었다. 소매와 치맛자락에도 얼기설기 자수가 놓여 있었다. 단정하지 않은 머리에는 공단으로 만든 화려한 댕기와 비녀가 꽂혀 있었다.

그야말로 엉망이었다. 그러나 본인은 전혀 모르는 듯했다.

"우리 아들, 많이 컸구나. 정말 많이 컸어!"

종하의 어머니가 이쪽으로 다가왔다. 순간 종하가 한 발짝 뒤로 물러났지만 그 뒤로는 꽉 닫힌 문밖에는 없었다.

"종하야, 어딜 가려고? 보고 싶지 않았니? 가온학사에 들어갔다더니, 정말 어른이 다 됐구나."

어머니가 종하를 향해 손을 내밀었다. 제 멋대로 깎인 손톱이 보였다.

"어머니가 어째서 여기에 계시는 겁니까? 저번 달부터는 지병이 더 심각해져 일어나시지도 못한다고 들었습니다."

종하가 제 앞에 선 어머니의 모습을 보았다. 적어도 서서 걷고 말하는 데에는 아무런 지장이 없어 보였다.

"아아, 그랬었지. 맞아, 그랬었어. 하지만 이제는 괜찮단다! 귀하신 분께서 고쳐 주셨거든!"

그렇게 말하는 어머니의 목소리는 기쁨에 들떠 있었다.

"귀하신 분이라니……."

"이제 나는 아무렇지도 않아. 아픈 곳도 없고! 종하야, 항상 이 어미가 말하지 않던? 너는 고귀한 핏줄을 타고 태어났다고 말이 야!"

"어머니! 또 그런 말씀을 하시는 겁니까?"

바로 앞까지 다가온 어머니에게서는 늘 풍기던 짙은 약 냄새 대신 다른 냄새가 났다.

"너는 한 번도 믿지 않았지? 응? 내가 하는 이야기, 다 미친 여 자의 말로 생각했지?"

앙상한 손에서 어떻게 그리 강한 힘이 나오는지 알 수가 없었 다. 종하는 어머니의 갈퀴 같은 손에 잡힌 제 손목을 내려다보았 다. 잡힌 부분이 점차 빨개지고 있는데도 어머니는 신경조차 쓰 지 않았다.

그저 반짝거리는 눈을 한 채, 종하를 바라볼 뿐이었다. 그 반짝 거리는 눈이 이상했다. 인위적으로 만들어진 무언가가 가짜로 빛 나고 있는 것 같은 기분.

"그런데 이제는 이 어미의 말을 믿어야 할 거다."

"어머니, 그러니까 그게 도대체 다 무슨 소리인지……."

"종하야, 나의 하나밖에 없는 아들. 나의 모든 것."

어머니의 말에 종하의 얼굴이 구겨졌다. 어머니가 이런 식으로 말하는 게 어릴 때부터 늘 싫었다. 자신을 바라보는 어머니의 눈길은 자신을 있는 그대로 바라보지 않았다.

그건 아버지의 흔적을 찾는 시선이었다. 종하의 얼굴에서 자신이 사랑했던 남자의 흔적이 보이면 울거나 웃거나 했다. 그 차이를 종하는 종잡을 수가 없었다. 차라리 어머니가 울든지 웃든지 한 가지만 했더라면 이렇게까지 어머니를 미워하지는 않았을 것이다. 그러나 어머니는 종하를 싫어했고 동시에 좋아했다. 그래서 종하도 자신의 마음에 대해 갈피를 잡지 못했다.

지금 이 순간도.

종하는 이런 모습으로 제 앞에 선 어머니가 싫었다. 그러면서도 제 아버지 때문에 이렇게 미쳐 간 어머니가 안쓰럽기도 했다.

"그이가 다시 나를 찾아왔어. 나를 찾아왔다고!"

"그게 무슨 말씀이세요? 설마 정말로 제 아버지가……."

어머니가 평생 바랐던 단 한 가지 소원은 종하의 아버지가 다시 자신에게 돌아오는 것이었다.

"네 아버지는 돌아오지 않는 게 아니었어. 돌아오지 못하는 거였어!"

"뭐라고요?"

어머니는 눈을 더욱 빛내며, 너무나 들뜬 목소리로 속삭였다.

"네 아버지가 나를 떠난 후, 얼마 되지 않아 죽었대."

죽었다고 말하는 어머니의 표정은 기쁨 그 자체였다. 그래서 종하는 방금 무슨 이야기를 들었는지 정확히 깨닫지 못했다.

"잠깐만, 뭐라고요? 그러니까 아버지가 바로 돌아가셨다고요?"

"응! 그래서 나에게 돌아오지 못했던 거야. 그래, 살아 있었다면 그이가 나와 너를 찾지 않을 리가 없잖아. 그래, 그런 거였어."

그렇게 말하는 어머니의 목소리는 흥분에 가득 차 있었다. 그러나 종하는 자신을 버린 것보다 그 남자가 죽기를 더 바라는 마음을 헤아릴 수가 없었다.

"그래서 도대체 어머니가 왜 여기에 있는 겁니까? 어머니에게 아버지의 이야기를 해 준 건 누구고요?"

그때, 누군가 식당 칸 반대편 문을 열고 안으로 들어왔다.

셋의 시선이 전부 그쪽을 향했다.

"다, 당신은……?"

강율이 당황스러운 목소리로 입을 열었다. 문을 열고 안으로 들어온 건 셋 모두 아는 이였다.

뱀 같은 얼굴, 길고 깊은 눈매.

친위대 중에서도 총통의 신임을 가장 얻고 있다는 그자. 김찬용이 쓰고 있던 모자를 벗으며 미소를 지었다. 그러나 눈은 여전히 웃지 않았다.

"안녕하십니까, 여러분. 여기서 또 보게 되는군요."

김찬용이 서 있는 셋의 얼굴을 천천히 훑었다.

"이런 걸 보면 진짜 인연이라는 게 있는 것 같기도 하고요."

"인연?"

종하의 목소리가 높아졌다. 김찬용이 씩 웃으면서 다가왔다. 그를 본 종하 어머니가 얼른 날아갈 듯이 인사했다.

"아이고, 나으리."

'나으리'라는 말이 기묘하게 들렸다. 김찬용이 들어온 문 뒤로 제복을 입은 친위대 몇이 섰다. 입을 열지도 다른 움직임을 보이지도 않았지만 그들이 식당 칸 안에 들어온 것만으로도 분위기는 살얼음판처럼 변했다.

"종하야! 얼른 인사 드려라. 네 큰아버지께서 보내신 분이시다. 이분께서 아버지 이야기도 전해 주셨어. 고마우신 분이지."

어머니의 말에 종하의 움직임이 그대로 멈췄다. 하지만 어머니는 그것도 모른 채 정말 신난다는 목소리로 말을 이었다.

"이 어미가 항상 말하지 않았니! 종하야, 이제 넌 진짜 고귀한 집안의 자제가 되는 거야."

어머니가 손을 들어 종하의 머리칼과 뺨을 쓸어내렸다.

"넌 충분히 그런 것들을 누릴 자격이 있단다, 종하야. 이제 우리
는 호의호식하면서 살면 되는 거야, 내 아들."

하지만 종하의 눈동자는 덜덜 떨리고 있었다. 어머니가 대체 무
슨 말을 하는 건지 알 수가 없었다. 아니, 알고 싶지 않았다.

"큰아버지라니요……. 대체 이게 다 무슨 소리입니까!"

뒤에 서 있던 김찬용이 웃음을 띠고 정중하게 말했다.

"어머니께서 이미 충분히 말씀하지 않았습니까? 종하 님께서는
고귀한 피를 타고 태어나셨다고요. 충분히 알고 계신 줄 알았는
데요."

"그러니까 그게 무슨 소리냐고 묻지 않소! 나는 아버지에 대해
서는 아무것도 모르오. 그런데 갑자기 큰아버지라니!"

"어머니께서 하셨던 말씀이 다 맞습니다. 종하 님께서는 본디
이 나라의 가장 고귀한 가문 출생이십니다."

"그러니까 그게 다 무슨 소리……!"

"종하 님의 아버님께서는 총통 각하의 하나뿐인 동생이셨으니
까요."

순간 종하의 머리가 멍해졌다.

"그, 그게 무슨……."

말도 안 되는 소리. 그 말까진 나오지도 못했다.

어머니가 종하를 와락 끌어안았다.

"내 말이 맞지? 네 아버지가 보통 사람이 아니라는 건 나만 알고 있었어! 하지만 이제는 아니야. 네가 어떤 집안의 아들인지 모든 사람들에게 똑똑히 보여 줄 차례다. 그동안 날 무시하던 모든 사람들에게 보여 줄 차례라고!"

종하의 귀에 그렇게 속삭이는 어머니의 목소리가 섬뜩했다. 철저한 기쁨으로 점철되어 있는 그 목소리.

"잠깐, 잠깐만요……. 어머니, 저자가 하는 말이 정말이에요?"

그렇게 묻는 종하의 목소리는 덜덜 떨렸다.

"우리 아들, 믿을 수 없을 만큼 좋은 거야?"

"대답해 주세요!"

어머니의 손이 종하의 창백한 뺨을 더듬었다.

"그래. 정말이고말고. 너는 이 가온을 다스리는 총통 각하의 단하나뿐인 조카란다!"

총통의 단 하나뿐인 조카. 그 말이 종하의 머리를 쾅 때렸다.

"아버지가, 정말로 내 아버지가……?"

정신을 차릴 수가 없었다.

"그럴 리가 없어. 그럴 수는 없어."

종하가 중얼거렸다. 그 모습을 뒤에서 쳐다보고 있던 김찬용이 웃으며 말했다.

"각하의 동생분께선 원래 몸이 약하셨습니다. 그런 와중에 혼인마저 각하께서 주선하신 명문가의 여식이 아닌 자신이 사랑하는 사람과 한다고 고집을 부리셨지요. 각하께서는 그런 동생분을 내쫓으셨습니다."

김찬용이 종하를 바라보았다. 그다음 이야기를 짐작할 수 있지 않겠느냐는 듯.

"결국 각하의 동생분께서는 자신이 사랑한 여자와 혼인하고 아이도 하나 두었지요. 물론 자신의 신분은 철저히 비밀에 붙였습니다. 이미 자신은 가족에게서 쫓겨난 것과 마찬가지이니 알리지 않는 편이 차라리 낫겠다고 생각한 겁니다."

"아니야……."

고개를 젓는 종하를 보는 김찬용의 얼굴은 변함없었다.

"물론 그냥 그렇게 살았다면 참 좋았겠습니다만 각하께서도 가족에 대한 정이 각별하셔서요. 몇 년이 지난 후 각하께서 다시 동생분을, 그러니까 종하 님의 부친을 뵙고 싶다 하셨습니다. 그렇게 두 분이 다시 만나게 되셨는데 하필이면 그때 동생분의 지병이

도졌던 겁니다."

"흑."

어머니가 훌쩍이기 시작했다. 종하는 이 모든 광경이 기이하다고 생각했다.

"각하께서는 동생분을 살리기 위해 심혈을 기울였지만 바깥에 나가 살면서 이미 몸이 많이 약해진 상태셨거든요. 그래서 손쓸 새도 없이…… 그렇게 종하 님의 아버지께서 돌아가셨던 겁니다."

"네 아버지가 나에게 말도 하지 않은 채, 이렇게 돌아오지 않을 리가 없다고 생각했어! 그래서 지금까지 기다렸던 건데……."

어머니의 목소리가 이어졌다. 김찬용이 그런 어머니의 어깨를 토닥거렸다. 사려 깊은 얼굴이었다.

"그러셨겠지요. 그 마음을 저 역시 충분히 이해합니다. 그러니 이제부터는 총통 각하께서 두 분의 모든 것을 책임지실 겁니다."

"뭐라고?"

종하가 날카롭게 물었다.

"당시 각하께서는 동생분에게 아내와 아들이 있다는 걸 모르고 계셨습니다. 아셨다면 이미 찾으셨겠지요. 어머님이나 종하 님의 존재를 안 지는 얼마 되지 않습니다. 그래서 이제 찾아올 수밖에 없었습니다. 물론 지나간 시간을 보상할 수는 없지만 지금부터라도 최대한 좋은 것들을 두 분께 해 드리고 싶은 마음이라 하셨습니다."

"도대체 누가? 그 총통이라는 자가 말이오?"

종하의 말에 순간 김찬용의 얼굴이 굳었지만 곧 다시 미소가 돌아왔다.

"예. 각하께서요. 하나뿐인 친조카이지 않습니까. 게다가……."

김찬용이 종하의 뒤에 서 있는 강율과 산영을 보았다.

"이제는 이렇게 술사로서 당당하게 활동하고 계시고요. 각하께서도 자랑스럽게 생각하고 계십니다."

"그자가…… 나를 자랑스럽게 여긴다고?"

그렇게 되묻는 종하의 표정은 혐오감에 가득 차 있었다.

어머니가 자신더러 고귀한 핏줄이라고 항상 말할 때도 믿지 않았다. 그저 어머니의 말도 안 되는 망상이라고 여겼을 뿐이었다. 지금껏 종하의 인생에 아버지는 중요한 자리를 차지한 적이 없었다. 그저 자신을 이 세상에 존재하게 해 준 사람 중 하나. 그게 전부였다.

'그런데 이제 와서?'

이제 와서 자신의 세상을 일그러뜨리는 사람이 될 줄은 몰랐다.

"그동안 네가 무슨 일을 하고 있었는지도 큰아버지께서는 다 알고 계셔."

어머니의 말에 종하가 고개를 들었다.

"뭐라고요?"

"하지만 큰아버지께서는 그것도 전부 눈감아 주시기로 하셨다. 정말 자애로우신 분이지. 네가 불법적이 행동을 하고 다닌 것도, 위험한 사람들과 함께 있었다는 것도 다 용서해 주신다고 하셨어. 그러니 이제부터라도 너는 총통 가문의 사람으로 살면 되는 거야."

"용서……?"

"그래. 용서."

종하가 어머니의 눈을 보았다. 그 눈은 굳게 믿고 있었다. 이제 자신들의 앞에 비단길이 펼쳐질 거라는 걸. 그리고 당연히 자신의 아들인 종하가 그 길을 따라갈 거라는 걸.

"어머니, 저는 제가 한 일들이 용서받아야 할 일이라고 생각하지 않습니다. 저는 올바른 일을 했어요. 그런데 그걸 누가 용서하고 말고 한단 말입니까?"

그 말에 어머니가 종하를 똑바로 쳐다보았다.

"네가 어떻게 생각하건 그건 중요하지 않다. 나에게 중요한 건 지금까지 잃어버린 내 삶이야. 넌 내 아들로서 나를 위해 이 정도는 해 줘야지."

"예?"

"네가 나를 어떻게 생각해 왔는지 나도 잘 알아. 넌 그저 이 어미를 미친 사람으로 여겼지. 그리고 부끄러워하지 않았니?"

순간 종하의 말문이 막혔다.

"내가 그걸 모를 거라고 생각했니? 그러니, 이건 네 어미의 소원이다. 내가 미치지 않았다는 걸, 부끄러워하지 않아도 될 사람이라는 걸 네가 증명해 줘야지. 그렇지 않아?"

"……어머니."

뭐라고 대답해야 할지도 몰랐다. 어머니가 거기까지 생각하고 있을 줄은 종하도 생각지 못했다. 종하의 눈동자가 떨렸다.

쾅!

커다란 소리와 함께 산영이 잠긴 문을 억지로 열었다. 그러곤 종하를 한번 쳐다보았다.

"……"

말은 없었지만 산영의 눈빛에 담긴 감정은 혼란스러움 그 자체였다.

"가온역, 가온역에 도착했습니다. 내리실 승객 여러분은……"

안내 방송이 흘러나왔고 그와 동시에 산영이 문을 열고 바깥으로 뛰쳐나갔다.

"산영!"

강율이 놀란 목소리로 산영을 불렀지만 멈추지 않았다. 강율이 이쪽에 있는 종하와 달아나는 산영을 번갈아 바라보았다.

"미안하네, 종하."

그 말만을 남긴 채 강율이 기차에서 내렸다. 그러곤 산영의 뒤를 따라 달렸다.

김찬용이 어깨를 으쓱였다.

"이런. 아무래도 친우마저 종하 님을 버린 것 같습니다만. 자, 그럼 우리는 이야기를 더 나누어 볼까요."

종하가 제 앞에 서 있는 어머니와 김찬용을 보았다.

♨ 17 ♨
정당한 감정

"사, 산영······!"

숨이 턱 끝까지 차올랐다. 강율이 앞서 뛰어가는 산영을 향해 겨우 외쳤다.

"산영! 제발, 멈······ 으악!"

털썩!

산영을 쫓아 뛰어가던 강율이 뭔가에 걸려 넘어졌다.

"아야야······."

강율이 인상을 쓰며 무릎을 보았다. 무릎에선 빨간 핏방울이 금세 맺혔다.

"따라올 거면 잘 따라왔어야지."

어느새 돌아왔는지 산영이 강율의 무릎을 살폈다. 강율이 어이 없다는 듯 말했다.

"자네가 그렇게 전속력으로 달리는데 내가 어떻게 따라가나!"

하지만 산영은 그 질문에 답하지 않았다. 그저 강율의 상처를 한번 보곤 자신의 옷고름을 뚝 떼어 상처를 묶어 줄 뿐이었다. 그런 산영을 보며 강율이 다시 입을 열었다.

"……그래, 나도 알아. 자네가 얼마나 충격받았을지."

다른 사람도 아닌 자신의 벗, 짝꿍인 종하가 총통의 하나뿐인 조카라니.

"나도 어떻게 받아들여야 할지 알 수 없어."

강율의 말에 산영이 입술을 깨물었다.

"총통은……."

산영이 겨우 입을 열었다. 그의 얼굴은 괴로움에 질려 있었다.

"총통은 우리 집안과 나의 원수야. 다른 이들은 모르겠지만 그 자가 우리 가족들을 어떤 방식으로 교묘하게 하나씩 죽였는지 나는 다 알고 있어! 나는 다 알고 있다고!"

총통이 어떻게 가온 왕조를 몰락시키고 모두를 흩뜨려 놓고 가족들을 하나씩 죽음으로 내몰았는지, 산영은 전부 알고 있었다.

"게다가 내 눈앞에서 돌아가신…… 지호 누님."

어떻게든 누님의 복수를 하겠다고 생각했다. 그날 이후, 산영의 인생은 뒤엎어졌고 영영 다시 돌아갈 수 없었다.

"그런데, 그런데……."

말을 잇지 못하는 산영을 강율이 와락 끌어안았다.

"알아. 산영, 알아. 네 마음, 다 알 수는 없지만 나도 짐작은 할 수 있잖아. 그러니까 말하지 않아도 알아."

산영이 강율의 어깨를 부서져라 안았다. 그게 아니면 숨을 쉴 수도 없겠다는 듯.

강율이 산영의 등을 두드렸다. 이제야 겨우 마음을 맞춘 짝꿍이었다. 티격태격하긴 했지만 그 안에서도 서로를 대하는 법을 찾고 앞으로 셋이 어떻게 나아가야 할지 정했던 것이다.

그런데 그 모든 게 이렇게 깨져 버렸다.

"난 절대 총통을 용서할 수 없어."

"……알아. 그건 자네의 정당한 감정이니까. 어찌 용서할 수 있겠나."

"그런 총통의 친조카인 종하를 어떻게 봐야 할지도 모르겠어. 그리고 정말로, 종하가 지금까지 아무것도 몰랐을까?"

그 질문에 강율은 뭐라 답할 수 없었다.

"그건…… 오로지 종하만이 아는 사실이겠지. 물론 그의 반응을 보면 종하도 정말 몰랐던 것 같지만. 게다가 산영, 자네도 알잖아. 종하가 정말로 위험을 무릅쓰고 반총통과 활동을 했다는 걸."

산영이 입술을 깨물었다.

"혼란스러워. 왜 하필이면……!"

"산영, 지금은 우리가 뭐라고 말할 순 없어. 종하가 돌아오면 그때 이야기를 해도 늦지 않잖아. 응?"

하지만 산영은 대답 없이 제 등을 강율에게 내밀 뿐이었다.

"업히기나 해. 그 다리로 걷다간 상처가 덧날 걸세."

"이 와중에도 그게 걱정이야?"

"당연하지. 내가 자네 걱정 말고 뭘 한단 말인가."

산영의 그 말에 강율은 산영이 이 사태에 대해 충격받았을 자신까지 신경 쓰고 있다는 것을 깨달았다.

'도망칠 정도로 힘든 건, 산영 자네면서.'

차마 그 말을 할 수는 없었다. 그 대신 산영의 등에 업혔다.

"그래. 차라리 지금은 다른 생각 하지 말고 그저 걷기나 하게."

제4장

위기의 가온학사

♠ 18 ♠
김희원과 김종하

종하가 가만히 사방을 둘러보았다.

예전에 가온 왕실이 별궁으로 썼다던 궁의 내부는 생각보다 그리 화려하진 않았다. 오히려 소박하고 검소한 분위기에 가까웠다. 단청의 칠도 벗겨져 있었고 안에 있는 장식품들도 많지 않았다.

'총통 관저와는 다른 분위기로군.'

그렇게 생각한 종하가 김찬용의 뒤를 따라 천천히 발걸음을 옮겼다.

"총통은 왜 이런 곳에 머무는 겁니까? 총통 관저가 있지 않습니까."

종하의 질문에 김찬용이 살짝 고개를 뒤로 돌렸다. 아주 잠깐 서로의 시선이 마주쳤다.

"각하의 뜻입니다. 관저는 특별한 용도로 사용되는 곳이지요. 그러니까…… 공적인 일을 행하는 행사장이자 공식 집무실에 가깝습니다. 하지만 각하께서는 그런 사치스러움을 좋아하지 않으셔서요. 대개는 이곳에 머물고 계십니다. 아, 이쪽입니다."

김찬용이 커다란 문을 가리켰다.

똑똑, 문을 두드리고 김찬용이 차렷 자세로 대답을 기다렸다. 문 안쪽에서 "들어오게." 하는 목소리가 들렸다. 김찬용이 웃으면서 종하에게 고개를 끄덕였다.

"그럼, 큰아버지와 조카 사이의 회포를 편히 푸시기 바랍니다."

김찬용이 사라진 자리엔 이제 종하만이 남아 있었다. 문고리를 잡으려고 들어 올린 종하의 손이 덜덜 떨렸다. 도대체 지금 자신이 왜 여기에 있는지도 알 수가 없었다.

그냥 이 모든 게 거짓말 같았다. 아니면 끔찍한 악몽이거나. 잠에서 깨면 모두 꿈처럼 사라지고, 강율이 웬일로 자네가 낮잠을 다 잤느냐는 말이나 할 것만 같았다.

하지만 몇 번이나 볼을 꼬집고 눈도 감았다 떴지만 아무것도 변한 건 없었다.

산영이 그렇게 도망치고 강율이 그 뒤를 따라간 후, 종하는 멍하니 그 자리에 남아 있을 수밖에 없었다.

어머니에게 잡혔던 손을 내려다보았다. 강율까지 산영의 뒤를 쫓아간 순간, 종하도 움찔거렸다. 하지만 어머니의 가냘픈 손가락이 종하의 손목을 갈고리처럼 잡았다. 절대 여기서 움직이지 말라는 듯이.

— 어미의 소원이다.

그 말을 듣고도 어머니의 손을 뿌리칠 수가 없었다. 그런 종하를 보며 김찬용이 웃었다. 그 미소를 본 순간, 자괴감이 들었다.

지금까지 자신은 목숨을 걸고 반총통파 일을 해 왔었다. 그런데 그런 자신의 신념이 모조리 흔들리고 있었다.

'총통의 피가 흐르는…….'

그 생각이 든 순간, 온몸에 소름이 돋았다. 종하가 소름이 돋은 팔을 벅벅 문질렀다. 하지만 그런다고 해서 소름이 가라앉는 것도 아니었고 자신의 몸에 흐르는 피가 바뀌는 것도 아니었다.

"말도 안 돼."

다시 한번 종하가 그 말을 되뇌었다. 이야기를 듣고 난 후, 오직 그 생각뿐이었다. 지금 이 모든 상황이 말도 안 된다고.

끼익.

"……!"

기척도 없이 문이 열렸다.

노회한 얼굴, 그러나 보는 사람의 오금을 저리게 할 정도로 날카로운 눈빛. 그가 누군지는 말하지 않아도 너무나 잘 알았다.

총통 김희원.

압도적인 기세가 무슨 말인지 알 것 같았다. 김희원이 이 자리에 서자 공기마저 일순 조용해지는 느낌이었다.

머리는 희끗희끗했지만 그의 얼굴엔 그가 어떤 삶과 시간을 거쳐 이 자리까지 올랐는지 전부 새겨져 있었다. 자신이 마음먹은 일은 뭐든지 해내는 결단력과 엄청난 추진력, 그리고 그것을 이루기까지 다른 이들의 삶은 고려하지도 않는 잔인한 성정이 그 얼굴에 묻어났다.

"아, 조카님."

김희원의 입에서 자연스럽게 흘러나온 말에 놀란 건 종하였다. 그렇게 아무렇지 않게 자신을 조카라고 부를 줄은 몰랐던 것이다.

"들어와요."

스스럼없는 말투로 김희원이 방 안을 가리켰다.

놀랐던 것 같다. 총통이 이런 식으로 자신을 대할 줄도 몰랐고 형형한 눈빛과 다르게 목소리는 낮고 평범했다. 일부러 평범한 느낌을 연기하고 있다고 생각할 정도로.

종하가 저도 모르게 김희원의 뒤를 따라 들어갔다. 방 안은 가온에서 가장 큰 권력을 잡고 있는 총통의 방이라기보다는 노학자의 연구실 같았다. 여기저기 쌓여 있는 책과 가온의 지도, 보고서들과 종이들이 가득 놓여 있었다. 설 교수의 방과 비슷한 모습이었다.

"거기 앉게. 차 좀 들겠나?"

총통과 만나는 순간은 종하가 반총통과 일을 시작하면서 몇십 번, 몇백 번 상상한 순간이었다. 그러나 어떤 상상 속에서도 이렇게 총통이 자신에게 다정하게 차를 건네주는 장면은 없었다.

"지금 우리가 이렇게 한가롭게 앉아서 차나 마실 관계는 아닌 것 같습니다만?"

종하의 말에 김희원이 살짝 눈썹을 들어 올렸다.

깊게 팬 주름, 짙은 눈썹, 살짝 피기 시작한 검버섯. 강인했지만 그의 얼굴에는 일종의 기미가 드리워진 것만 같았다. 그 기미가 어떤 건지 읽어 낼 수는 없었지만.

"그래? 그럼 어떤 관계라고 생각하지?"

되묻는 김희원의 말에 종하가 입을 다물었다.

"자네도 제대로 정의 내리지 못하잖아. 나도 알고는 있어. 자네가 반총통과 활동을 했다는 것 정도는."

종하의 말문이 막혔다. 물론 모르고 있을 거라고 생각한 건 아니었지만, 이렇게 첫 만남에서 대놓고 이야기를 꺼낼 줄은 짐작하지 못했다.

작은 테이블에 놓인 주전자를 들어 올린 김희원이 찻잔에 차를 따랐다. 그러곤 크림과 설탕을 접시에 챙겨 찻잔과 함께 종하에게 건넸다.

"아직은 조카님의 차 취향까진 몰라서 말이지."

"독 같은 걸 탄 건……."

종하의 말에 김희원이 큰 소리로 웃었다.

"하하!"

웃는 김희원을 종하가 가만히 쳐다보았다. 김희원이 한참을 웃다가 종하를 보았다.

"글쎄, 내가 자네를 죽인다 해도 이런 방식은 절대 아닐 거야. 자네가 얼마나 대단한 술사인지는 충분히 들어서 알고 있거든. 이렇게 독이 든 차 한 잔으로 죽이기엔 너무 아깝지 않나?"

김희원은 진심인지 농담인지 알 수 없는 표정을 지었다.

종하가 그런 김희원에게서 눈을 떼지 않은 채, 차를 쭉 들이켰다. 그걸 본 김희원이 짝짝 박수를 쳤다.

"배짱도 있군. 우리 집안의 피를 물려받은 게 틀림없어."

"그걸 어떻게 그리 확신합니까?"

김희원이 빙그레 웃으면서 쌓여 있는 책 중 얇은 것을 꺼냈다.

"보게. 여기에 누구도 부정할 수 없는 증거가 있으니."

"이게 뭐요."

"보면 알아."

김희원의 말에 책장을 펼치니 거기엔 사진들이 빼곡하게 담겨 있었다. 그리고 모든 사진마다 담겨 있는 한 남자. 종하의 눈이 그 남자에게 콱 박혔다. 사진첩을 들고 있는 손이 가늘게 떨렸다.

"어떤가. 내가 아무런 의심을 하지 않은 것도 이해 가지 않나?"

거기엔 종하와 꼭 닮은 남자가 있었다. 배경이나 옆에 있는 사람들이 아니었다면 종하마저도 자신이 언제 저런 사진을 찍었는지 의아하게 여길 정도였다.

검은 머리칼, 눈동자, 창백한 얼굴과 분위기까지.

"그 옆에 있는 게 젊은 시절의 나라네."

김희원이 사진 속 아버지 옆에 있는 남자를 가리켰다. 바늘로 찔러도 피 한 방울 나지 않을 것 같은 그 남자는 분명 젊은 시절의 김희원이었다.

"물론 다른 것도 전부 확인했다네. 자네의 어머니에게 남아 있는 동생의 선물도 보았고 정황 역시 교차 검증을 통해 확인했어."

"……나는 지금껏 아버지가 없다고 생각해 왔소. 그러니 내 아버지가 누군지인지 그런 건 지금도 중요하지 않소."

"그래서?"

김희원이 가볍게 되물었다.

"자네에겐 중요하지 않다고 해도 나에게는 달라."

"뭘 어쩌려는 거지?"

"알다시피 난 후계자가 없거든."

그 말에 종하의 눈썹이 찌푸려졌다. 총통에게 정실부인이 없다는 건 모두가 다 아는 사실이었다. 부인이 없었으니 자식도 없었고, 마땅한 후계자를 정해 놓지도 않았다.

"어쩌면…… 자네가 이 가온의 미래가 될 수도 있지 않겠나?"

청천벽력 같은 소리였다.

"그게 무슨, 말도 안 되는……."

김희원이 찻잔을 털어 마시곤 아무렇지도 않게 대답했다.

"하지만 이제는 그럴 수도 있다는 뜻이지. 그러니 한번 생각해 보게."

거기까지 말한 김희원이 손을 저었다.

"내가 할 말은 여기까지야. 다음은 자네의 선택에 달려 있지."

"……정말로 내 선택이라는 게 존재는 하오?"

그 말에 김희원이 다시 한번 웃었다.

"하하. 역시 누구 조카인지."

그러나 그게 전부였다. 가타부타 말없이 김희원이 고갯짓을 했다. 그러자 문이 열리고 제복을 입은 남자 둘이 들어와 종하의 옆에 섰다.

"저희가 모셔다 드리겠습니다."

그 말인즉, 이제는 그만 나가라는 뜻이었다. 여기서 버텨 봤자 좋을 것도 없었다. 종하가 마지막으로 김희원을 보았다.

"그럼 내 어머니는 어떻게 되는 것이오?"

"아. 나에게 하나뿐인 조카를 안겨 준 그 여인 말이지. 가엾게도 동생이 떠난 후, 마음이 완전히 무너져 내린 것 같더군."

아무렇지도 않게 대답한 김희원이 자애로운 목소리로 말했다.

"그러니 그 정도는 내가 책임져야겠지. 본디 내 동생, 즉 자네의 아버지가 책임져야 할 짐이었지만 그 애는 이미 죽고 없으니까."

"책임?"

"네 어미가 원하는 것은 네가 가장 고귀한 핏줄이라는 걸 확인받는 것, 자신이 틀리지 않았다는 것을 인정받는 것, 그리고 고귀한 핏줄을 이은 자신이 합당한 대접을 받는 거였지."

이어진 대답에 뭐라 말을 덧붙일 수가 없었다. 그건 정말로 어머니가 가장 원하던 것들이었으니까.

"나는 그 모든 것을 해 줄 수 있어. 그러니 가여운 네 어미에게는 원하는 것들을 해 줄 생각이다. 적어도 나에게 너를 데려오게 해 줬으니까. 그 정도는 받을 만하지."

당당함을 넘어 자연스러운 말이었다. 거기까지 말한 김희원이 눈짓했다.

옆에 있던 남자들이 종하를 가볍게 끌었다. 그 움직임에 종하는 그저 밖으로 끌려 나갈 수밖에 없었다.

♪ 19 ♪
불청객

"뭐라고?!"

설 교수의 목소리가 연구실 안을 울렸다. 옆에 있던 민한희 역시 눈을 커다랗게 치떴다.

"다시 말해 보게! 누가 종하를 데려갔다고?"

설 교수의 손에 들린 종이가 파르르 떨렸다. 앞에 선 강율이 머뭇거리다 다시 입을 열었다.

"총통의 친위대 중 하나였습니다. 종하가 말하기로는 김찬용이라는 자라고 하더군요."

그 이름을 들은 설 교수의 얼굴이 더욱 굳었다.

"김찬용이 움직인 거라면 진짜 뭔가 일어나고 있다는 건데."

"친위대 안에서도 김찬용은 총통의 신임을 받고 있습니다. 다음 달에 2급 주임관으로 특진한다는 소문도 있어요."

옆에서 민한희가 한마디 거들었다.

"그래서 정말로 종하가…… 그 총통의 핏줄이라는 건가?"

강율이 무겁게 고개를 끄덕였다.

"그 사람이 했던 말, 그리고 종하 어머니의 반응을 보았을 때 거짓은 아닌 듯합니다. 도대체 이게 어찌 된 일인지 모르겠습니다, 교수님."

"나 역시도 이런 일은 짐작하지 못했어. 가온 학사에 입학하기 전에도 종하를 종종 보았지만 아버지에 대해서는 아무런 말도 들은 적이 없었네."

설 교수가 어둠에 잠긴 가온 학사를 내려다보았다.

대체 지금 종하는 총통과 무슨 이야기를 나누고 있을지, 알 수 없었다. 하지만 어쩐지 느낌이 좋지 않았다. 설 교수가 들고 있던 종이를 내려다보았다. 거기엔 총통 관저에서 흘러나온 기밀 정보들이 적혀 있었다. 그중 가장 위에 적힌 것은,

'총통 건강 악화. 금년 여름, 고비 예상.'

산전수전을 다 겪은 총통 역시 시간 앞에서는 어쩔 수 없는 거

였다. 공식 석상에 모습을 드러내는 횟수가 줄어들고 그의 측근들 역시 총통이 기침하거나 몸이 좋지 않은 모습을 보인 적이 있다고 증언했다.

나이가 먹을 만큼 먹었으니 총통 역시 자신의 죽음에 대해 생각하고 있을 터였다.

'그런데 하필이면 이런 시기에 총통이 자신의 친조카를 찾았다……?'

설 교수가 눈을 가느다랗게 떴다.

총통은 가온에서 자신의 권력을 공고히 하기 위해 일생을 쏟아부은 자였다. 결국엔 밀려오는 새 시대를 등에 업고 가온 왕조를 철저히 무너뜨려 자신의 나라를 세웠다. 지금이야 사람들이 새 시대가 곧 총통의 시대라고 생각했지만, 그저 가온 왕조에서 총통의 왕조로 바뀌었을 뿐이라는 걸, 곧 깨닫게 될 것이다. 물론 총통 역시 이 상황을 빠짐없이 파악하고 있을 터였다.

"총통의 건강이 좋지 않아."

설 교수의 말에 강율이 눈을 동그랗게 떴다.

"그리고 우리는 총통이 비밀리에 증폭자들을 만들어 냈다는 걸 알아냈지. 그렇게 만들어진 증폭자들은 사라졌고."

박설아의 약혼자 김산의 이야기였다.

"이제는 총통이 자신의 친조카인 김종하를 찾아냈어."

일련의 사건들 뒤에는 틀림없이 뭔가가 웅크리고 있었다. 그런데 그게 뭔지 알아낼 재간이 없었다.

"이상하게 꺼림칙한 기분이 드는군."

설 교수의 말에 강율도 민한희도 고개를 끄덕였다.

"이 나라의 권력을 한 손에 거머쥐고 있는 사람이, 그다음으로 바라는 게 있다면……."

"실례하겠습니다."

그때, 연구실의 문이 열렸다. 열린 문 뒤로 서 있는 사람들이 보였다.

"종하?"

가장 앞에 있는 종하를 발견한 강율이 놀란 목소리로 물었다. 종하의 뒤엔 제복을 입은 두 남자가 서 있었다. 그들의 어깨에는 총통의 친위대 표식이 붙어 있었다. 하나는 강율도 아는 김찬용이었고 하나는 모르는 사람이었다. 머리는 포마드 기름을 발라 반짝이게 넘겼고 얼굴에는 깊게 팬 상처가 있었다.

"……모이환?"

그 이름을 말한 건 설 교수였다. 모이환이라 불린 남자가 입술 끝을 위로 끌어당기며 웃었다.

"안녕, 친구! 오래간만이지!"

끽끽거리는 새된 목소리였다. 듣는 사람으로 하여금 불안한 마음이 들게 만드는 그런 목소리.

"자네가 어찌 여기에……."

믿을 수 없다는 듯 설 교수의 목소리가 떨렸다.

"귀신이라도 본 것 같은 얼굴이군? 하긴, 자네는 내가 죽었을 거라고 철석같이 믿고 있었을 테니. 하지만 난 죽지 않았어. 이렇게 살아 있지."

연구실 안쪽으로 들어온 모이환이 쌓여 있는 책들을 들춰 보며 이야기를 계속했다.

"아직도 열심히 공부하는 모양이야. 이렇게라도 죄책감을 덜고 있는 건가? 하지만 이런다고 죽은 사람이 돌아오진 않잖아."

모이환이 싱긋 웃더니 들고 있던 책을 일부러 바닥에 떨어뜨렸다. 책이 연구실 바닥을 구르는 소리만이 들렸다.

"자네에 대한 소문은 병상에 누워서도 너무 잘 들리더군. 가온 안에서 제일가는 언어의 대가, 최연소 나이로 총괄 교수직에 오른 자. 그리고 이제는 총통 각하의 친조카를 키워 낸 스승이라니."

"다시 살아난 것 축하하네. 하지만 그렇다고 해서 자네가 나에게 아무 말이나 하는 건 용서하지 않을 걸세."

"그래?"

모이환이 고개를 갸웃거리며 물었다.

"자네가 죽을 뻔한 고비를 맞은 건 자네의 고집 때문이야. 나와 영신이가 마지막 가설을 발표했을 때, 우리는 충분히 경고했어. 이 것은 아직 완벽한 이론이 아니고 그것을 실험할 경우 최소한의 안 전장치가 필요하다고. 그걸 무시한 건 자네일세! 우리보다 더 빨리 가설을 입증하고자 무리한 욕심을 부렸지! 그리고……."

설 교수의 말이 끊겼다. 모이환이 씩 웃었다.

"그리고 그런 나를 구하려다 영신이도 죽었고 말이야. 설록, 자네의 하나뿐인 짝꿍."

설 교수의 얼굴이 변했다.

"그런 말을 할 거라면 지금 당장 나가."

"어이쿠. 자네의 역린을 건드린 모양이지? 뭐, 나가라고 하지 않아도 나갈 생각이었어."

어깨를 으쓱이며 모이환이 대답했다.

"지금 당장, 나가라고."

설 교수의 목소리는 차갑게 얼어붙어 있었지만 그 안에 깃든 분노를 눈치채지 못할 사람은 아무도 없었다. 금방이라도 터질 것만 같은 분노가 팽팽하게 연구실을 채웠다.

"알겠어, 알겠다고. 뭐 그리 화를 내나? 그것도 죽다 살아난 친구에게."

모이환이 함께 온 김찬용에게 나가자며 고갯짓했다. 그러다 문을 나서기 전, 모이환이 마지막으로 한마디 덧붙였다.

"아, 참. 내가 여기까지 온 이유를 말하지 않고 갈 뻔했네."

모이환이 포마드 바른 머리칼을 손으로 넘기며 설 교수의 옆에 서 있던 강율을 한번 바라보았다.

"자네가 직접 가르치는 학사생들이 외부에서 불법으로 술법을 사용했어. 그리고 경시청 소속 순사들이 그 술법에 당했고. 그게 뭘 의미하는지 설 교수, 자네는 잘 알고 있겠지?"

설 교수의 얼굴이 굳었다. 옆에 있던 민한희의 얼굴도 새하얗게 질렸다.

"총통 각하께서 직접 술사들을 위한 학사를 세우고 일반인들이 술사에게 가지고 있는 편견을 깨부수기 위해 노력하신 모든 것들이 물거품으로 돌아갔다는 뜻이지. 자네는 학사생들에게 그런 걸 가르치지도 못했던 건가?"

마지막 물음엔 명백한 비웃음이 깃들어 있었다.

"그에 대한 모든 증거를 확보했고 각하께서도 이 사건에 대해 알고 계시네. 그리고 내일이면 민회에서도 이 일에 대한 결정이 떨어질 거야. 아마 최소 학사 휴교령, 혹은 그보다 더 심한 게 내려질 수 있지."

모이환이 웃었다.

"자, 전해야 할 이야기는 다 전한 것 같으니 그럼 나는 이만 가보지. 조카님께서도 잘 있으라고."

마지막으로 종하에게 손을 가볍게 흔들고는, 모이환이 연구실 바깥으로 빠져나갔다. 그 뒤를 김찬용이 따랐다.

♪ 20 ♪
목숨보다 더 소중한

이제 연구실 안에 남은 것은 설 교수와 민한희, 그리고 강율과 종하였다.

"종하! 괜찮은 거야?"

가장 먼저 강율이 종하의 안색을 살폈다. 종하가 겨우 고개를 끄덕였다. 가만히 있던 민한희가 이럴 순 없다는 듯 소리쳤다.

"……학사 휴교령? 그게 말이 되는 처사입니까, 교수님?! 지금까지 실제로 가온학사를 지켜 온 건 다름 아닌 우리와 학사생들이에요! 그런데 저치들이 저렇게 가온학사를 제멋대로 문 닫게 만들어 버릴 수 있다고요? 말도 안 됩니다!"

그렇게 말하는 민한희의 얼굴에선 당장이라도 눈물이 뚝뚝 떨어질 것만 같았다.

"교수님과 제가 얼마나 노력을 했는데……. 죄송합니다. 여기 있다간 흉한 꼴을 보일 것 같아서요. 먼저 일어나 보겠습니다."

그 말과 함께 민한희가 연구실을 나갔다. 설 교수가 강율과 종하를 바라보았다.

"저자가 한 말이 정말인가? 정말로 바깥에서 술법을 사용했느냐, 그 말일세!"

그 물음에 강율이 고개를 숙였다. 그럴 수밖에 없었다. 옆에 있던 종하가 대신 입을 열었다.

"죄송합니다, 교수님."

"지금 그 말 하나로 넘어갈 수 있을 것 같은가? 내가 그리도 밖에서 허가받지 않은 술법을 사용하지 말라고 하지 않았나! 그런데 내 말이 말 같지 않았던 모양이지?"

"아, 아닙니다! 그건 정말 아닙니다, 교수님!"

강율이 고개를 번쩍 들어 올리곤 크게 내저었다.

"그런데 어째서 교칙을 위반하면서까지 밖에서 술법을 사용한 건가! 저들이 민회까지 들먹인 걸 보면 확실한 증거를 확보하고 있는 게 분명한데!"

"정말……. 정말 죄송합니다, 교수님. 하지만 그때는 술법을 사용하는 것 외에는 방법이 없었습니다. 그게 최선의 방법이라고 생각했었습니다. 하지만 저희 생각이 짧았습니다."

강율이 입술을 꾹 깨물었다. 그렇지 않으면 눈물이 나올 것만 같았다. 우는 모습까지 보일 수는 없었다. 지금 자신 때문에 가온학사에 휴교령이 내려질지도 모르는 마당에 눈물까지 보이는 건 꼴불견이었다.

강율 대신 종하가 짧게 당시의 상황을 설명했다. 거기서 그들을 막아서지 않았다면 강율의 옛 친구와 아버지가 죽었을지도 모른다는 것, 이미 강율의 옛 친구가 순사들에게 잡혔던 것, 그리고 순사들에게 직접적인 상해를 끼치진 않았다는 것까지.

이야기를 들은 설 교수가 이마를 짚었다.

"너희는 저들의 계략에 보기 좋게 넘어간 거다."

"계략……이라고요?"

"총통이 가온 왕조를 무너뜨리고 아직 기반이 단단하지 못했던 시절엔 술사들의 힘이 필요했지. 그래서 가온학사를 세웠던 것이다. 어떻게든 술사들을 자신의 아래로 들이기 위해서. 하지만 지금은 달라."

"다르다고요?"

"총통이 완벽하게 가온을 지배하고 있지 않나. 그런 총통에게 반총통파 학사생들이 많은 가온학사는 더 이상 이득이 아니지. 그렇기에 지금까지 총통 측에선 가온학사의 문을 닫으려고 많은 일들을 해 왔어. 그렇기에 일부러 강율, 네 친구를 데려와 보란 듯이 그런 짓을 벌인 거다. 이미 저들도 알고 있었을 거야. 셋 중에 강율, 네가 이 짝꿍의 구심점이라는 것을. 네가 말하기만 하면 두 녀석들이 너를 위해 판을 펼치고 술법을 열 수 있게 도와줄 거라는 걸."

"그런……."

"총통에게 상해를 입히려고 했다느니 뭐라느니 하지만 아무것도 모르는 일개 학생 하나를 쫓으려고 총통의 친위대까지 움직인다? 그게 말이 된다고 생각하는 건가?"

그제야 강율이 아, 하는 소리를 냈다.

"이미 저들은 자네들이 움직일 거라는 걸 알고 거기까지 전부 계획을 짜 놓았을 걸세! 꼬투리 하나를 잡기 위해서 강율, 자네의 친구라는 자를 잡았다가 다시 놓아주는 짓까지 벌여 가면서!"

"그럴 수가."

"저들은 뭐든지 이용할 수 있어. 그게 친구를 생각하는 우정의 마음이라고 해도 말일세."

236

잠깐 숨을 들이마신 설 교수가 말을 이었다.

"하지만 자네들을 이용할 수 없다는 걸 알았다면, 저들은 그 친구라는 사람과 그의 아버지를 죽였을 테니……. 자네들이 무고한 목숨을 살린 건 맞군."

"정말, 정말 죄송합니다. 저희 때문에."

"아직 싸워 볼 만한 시간은 있네. 자네들이 말해 준 것으로 따진다면 우리도 할 말은 있는 거니까. 그리고 가온학사엔 나도 있고 또 이사장님도 계시잖나. 버틸 수 있어."

그 말에 강율이 겨우 안도의 표정을 지었다.

"하지만 이제 자네들끼리만 바깥에 나가는 일은 허락해 주지 못하겠군. 저들이 또 어떤 일을 꾸밀지 모르니. 게다가 김종하 자네는……."

거기까지 말한 설 교수가 입을 다물었다. 종하가 그것을 알아차리고 나지막한 목소리로 대답했다.

"저는 총통의 친조카가 되어 버렸죠."

"그게 정말인가?"

설 교수의 물음에 종하가 고개를 끄덕였다.

"저도, 저에게 어째서 이런 상황이 벌어진 건지 알 수가 없습니다. 제 잘못입니다."

고개를 숙인 채 그렇게 말하는 종하의 어깨를 설 교수가 천천히 두드렸다.

"그걸 어찌 자네 잘못이라고 할 수 있겠나. 자네가 그 피를 이어받고 싶어서 받은 것도 아닌데."

"하지만 가끔은, 그렇게 태어난 것만으로도 죄가 되는 사람들이 있지요. 전…… 차라리 태어나지 말았어야 합니다."

짝!

종하의 말이 떨어지자마자 날카로운 파열음이 들렸다.

"……강율?"

종하가 멍한 얼굴로 강율을 쳐다보았다. 맞은 건 종하인데 울 것 같은 얼굴을 한 건 강율이었다. 강율이 종하의 멱살을 잡고는 흔들었다.

"김종하! 어떻게 그런 말을 내 앞에서 할 수가 있어?"

날카로운 질문이 종하의 심장을 파고들었다.

"우리가 약속했지 않아! 나와 산영과 자네는 한목숨이라고. 시작은 달라도 끝은 같이할 거라고. 어떤 고통도 어떤 행복도 함께하겠다고 말이야!"

강율의 목소리는 눈물에 젖어 들어갔다.

"그런데 지금 종하 자네는 태어나지 않았으면 좋았겠다고 말하고 있어. 자네는, 우리에게 스스로의 목숨만큼, 아니 목숨보다 더 소중한 사람이야. 자네에게도 그렇지 않은가?"

눈물에 젖은 강율의 까만 눈동자를 본 순간, 종하는 자신이 강율에게 얼마나 상처가 되는 말을 한 건지 깨달았다.

"강율……."

종하가 뭐라고 말을 하려 했지만 강율은 듣지 않은 채 자리에서 일어났다.

문이 쾅 닫혔다.

종하가 멍하니 강율이 나간 문을 바라보았다. 설 교수가 한숨을 내쉬었다.

"자네의 충격도 이해하겠지만 자네를 사랑하는 짝꿍들에게도 똑같이 충격이었음을 알아 주게."

"저는……. 저는 어떡해야 합니까, 교수님."

"일단은 자네가 총통과의 관계를 어떻게 생각하는지, 그걸 어떤 방식으로 끝내고 싶은지 먼저 결정해야겠지. 그건 다른 사람이 대신해 줄 수 있는 게 아니니까. 그러고 나서 강율이나 산영과 이야기할 수 있을 걸세."

잠깐 종하를 본 설 교수가 천천히 말을 이었다.

"혼란스럽겠지만 태어나지 말았어야 한다는 말 같은 건 하지 말게. 그건 자네만이 아니라 자네를 사랑하는 이들에게도 너무 큰 상처가 될 테니까. 오늘은 예전에 자던 곳에서 자고 갈 텐가? 기숙사에 돌아가면 산영이 있을 텐데, 보기 힘들 게 아닌가."

"……그렇게 해 주시면 감사하겠습니다. 마음이 정리될 때까지는 저도 생각을 좀 해 봐야겠습니다."

"그래. 그럼 그쪽으로 가 보게나."

종하가 인사를 하고 연구실 밖으로 나섰다.

설 교수가 깜박이는 등잔의 불을 바라보았다. 아이들에겐 버틸 수 있다고 했지만 얼마나 버틸 수 있을지는 설 교수도 몰랐다. 이렇게 본격적으로 나온 것을 보면 총통 측도 쉽게 물러설 생각이 아닌 듯했다.

게다가 모이환.

"……"

설 교수가 저도 모르게 주먹을 쥐었다. 그 얼굴을 살아서 다시 볼 거라곤 생각하지도 못했다.

"죽은 줄로만 알았는데."

모이환은 설록과 함께 술사 일을 하던 이였다. 물론 아주 오래전 일이다.

모이환은 설록에 대해 비뚤어진 열등감을 가지고 있었다. 처음에야 그럴 수도 있다고 생각했지만 설록이 하는 모든 것을 다 따라 하는 것은 물론 설록이 만드는 주문까지 전부 똑같이 사용하는 걸 보고는 기가 찼다.

그러나 주문을 똑같이 사용한다고 똑같은 술법이 나오는 것도 아니었으니 모이환은 다른 술사들에게 더욱 부끄러움을 당할 뿐이었다. 자신만의 술법을 사용하면 될 일이건만 모이환은 부득부득 설록과 똑같은 주문을 사용했다. 정확히 말하면 설록이 만들어 낸 주문을.

그의 열등감이 언제, 어디서부터 시작됐는지 설록은 몰랐다. 아니, 정확히 말하면 관심도 없었다.

"하지만 관심을 조금이라도 두었어야 했어."

설 교수가 작게 중얼거렸다.

관심을 두지 않았던 모이환은 점차 대담해졌고 결국엔 설록의 하나뿐인 짝꿍까지도 탐을 냈다.

"영신."

그 이름이 아주 오래간만에 설록의 입에서 흘러나왔다. 짝꿍을 잃고 난 후, 한 번도 제대로 꺼내 보지 못한 이름이었다. 영신은 그리 말이 많은 사람이 아니었지만 대쪽 같은 성격이었고 늘 올바른 판단을 내릴 수 있는 사람이었다.

언어의 대가라는 별명을 젊은 시절 얻으면서 설록에게 갑자기 유명세가 생겼을 때도 영신은 그런 것에 흔들리지 않았다. 설록이 얼마나 유명해지건 말건 늘 처음과 똑같이 설록의 옆에 있었고 잘못된 행동을 하면 호되게 혼내 바로잡아 주었다.

"나를 믿진 못해도 너를 믿을 순 있었지."

마침내 영신이 자신을 짝꿍으로 선택해 주었을 때, 설록은 떨듯이 기뻤다. 가장 아끼고 존경하고 본받고 싶은 사람이 앞으로도 늘 자신과 함께해 줄 거라 약속한 거였으니까.

영신과 짝꿍이 된 후, 설록은 완전히 새로운 주문을 만드는 데 몰두했다. 그중 하나가 증폭자가 없이도 술력을 증폭할 수 있는 주문이었다. 그 주문을 만들어 낼 수 있다면, 그리고 다른 술사들도 보편적으로 쓸 수 있게 개량한다면 술사들이 할 수 있는 일이 훨씬 더 많아질 거라고 생각했기 때문이었다. 술사들이 더 나은 대접을 받고, 그들이 이 세상을 나은 방향으로 바꾸는 데 도움이 되고 싶었다.

그리고 그 즈음, 영신이 집에서 혼인을 강요한다는 이야기를 했다. 짝꿍까지 정해진 술사들은 대부분 결혼을 하지 않았다. 그걸 알면서도 혼담을 넣는 상대방이 누구냐고 물었고 돌아온 대답이 기절초풍할 내용이었다.

— 모이환이라네.

설록을 똑같이 따라 하는 것에 그치지 않고 설록의 짝꿍인 영신에게 혼담까지 넣은 것이다.

— 미친 거지.

영신은 간단히 그렇게 말했다. 설록 역시 영신이 모이환과 혼인을 할 거라고는 생각조차 하지 않았다. 거절하면 된다고 생각했지만 상황은 그렇게 쉽게 흘러가지 않았다. 모이환의 혼담을 거절한 영신에게 뭔가 문제가 있는 게 아니냐는 소문이 돌았다. 있을 수 없는 일이었다. 하지만 영신도 설록도 그런 소문을 어떻게 다루어야 할지 모르는 사람들이었다.

그러던 와중, 모이환이 설록이 발표한 증폭 주문을 실제로 완성시켜 보이겠다고 나선 것이다. 설록과 영신 둘 다 모이환을 말렸다. 그건 아직 완성된 주문도 아니었고 실제로 판을 열고 외우기엔 불안정한 부분도 많았다.

그러나 모이환은 자신이 최초로 증폭 주문을 완성시킨 사람이 되고 싶다는 욕망에 사로잡혀 결국 그 주문을 외웠고, 큰 사고가 일어났다. 그리고 모이환의 주문이 잘못되었다는 걸 알아차린 순간, 영신이 모이환을 구하기 위해 판 안으로 들어섰다.

영신이 왜 그런 선택을 했는지는 설록 역시 잘 알고 있었다. 아마 그 자리에 모이환이 아닌 다른 누가 있었다고 해도 영신은 똑같은 행동을 했을 거였다. 영신은 그런 사람이었으니까. 자신과 설록이 만든 주문 때문에 다른 누군가 죽는 꼴을 그냥 보고 넘길 수 있는 사람이 아니었다.

하지만 그 때문에 영신은 죽었다. 설록은 짝꿍을 잃었다.

모이환과 모이환의 짝꿍 역시 죽은 줄로만 알았다. 그러니 모이환만이 이렇게 살아남아, 다시 그 얼굴을 보게 될 줄은 생각지도 못한 일이었다. 그것도 총통과 저렇게 각별한 사이가 되었다니, 뭔가 심상치 않은 부분이 있었다.

가온학사는 평소보다 더 깊은 고요에 잠겨 있었다. 학사생의 대부분은 긴 여름 방학을 맞아 고향과 집으로 돌아가 있었으니 당연한 일이었다. 빈 학사를 풀벌레 소리가 대신 채웠다.

강율이 천천히 걸음을 옮겼다. 뚝뚝 흘러나오는 눈물을 막을 수가 없었다. 어째서 이런 일들이 벌어진 건지.

"이제 겨우 진짜 짝꿍이 됐다고 생각했는데……."

셋은 벼락처럼 짝꿍으로 맺어졌다. 그랬기에 오히려 짝꿍이 된 후, 부딪치고 서로 맞춰 나갈 일들이 더 많았다.

그래도 서로를 믿는 마음은 언제나 한쪽에 자리 잡고 있었다.

언젠가는 눈빛만 봐도 서로의 마음을 짐작할 날이 올 거라고. 티격태격하는 것도 없으면 아쉬울 날이 올 거라고. 이런 저런 일들을 겪어 내면서 겨우 진짜 짝꿍이 된 느낌이었다.

"그런데……."

생각지도 못한 이런 일이 셋의 앞을 가로막을 줄이야.

"정신 차려, 박강율."

눈물을 닦아 내며 강율이 스스로에게 말했다. 산영과 종하는 각자의 분명한 이유가 있었다. 총통과 핏줄을 나눈 종하, 그리고 총통에게 가족 전부를 잃은 산영. 그렇다면 그 사이를 중재할 수 있는 건 강율 자신뿐이었다.

"이대로 무너질 순 없잖아."

하지만 도대체 어떻게 해야 하는지 모르겠긴 강율도 마찬가지였다. 다시 눈물이 터져 나올 것 같았다.

자신이 산영이라고 해도 종하를 받아들이기는 어려웠을 것이다. 또한 자신이 종하였어도 지금의 이 상황을 전부 이해하고 선택하는데 머뭇거림이 있었을 테고. 어쨌거나 총통은 종하의 어머니를 붙잡고 있었다.

"강율!"

그때 짙은 나무 그늘 아래 앉아 있던 누군가 자리에서 일어났다. 걱정스러운 낯으로 강율에게 다가선 건 다름 아닌 안태와 미랑이었다.

"아, 선배님들……."

안태가 도대체 무슨 일이냐는 듯 강율에게 물었다.

"일찍 돌아왔다는 이야기는 들었네. 무슨 일이 있었던 건가? 그렇지 않아도 종하가 총통의 부하들과 함께 들어온 걸 봤는데."

"보셨습니까."

"다행히 지금 학사 안에 사람이 많이 남아 있지 않아서 다행이었지. 그렇지 않았다면 또 종하에 대한 이상한 소문이 퍼지기 딱 좋았지 뭔가."

"이상한 소문이라면……."

"종하를 데려다준 자 중 총통의 오른팔로 유명한 자도 있더군. 오늘 그자가 종하를 대하는 태도가 미묘하더라고. 글쎄, 뭐랄까. 꼭 반총통파가 아니라 자신보다 상급자를 대하는 태도라고 해야 하나?"

그 말에 강율이 대답을 하지 못했다. 어쩌면 김찬용이 여기까지 직접 종하를 데리고 온 이유에 그런 걸 공공연하게 보여 주려는 의도가 있을지도 몰랐겠다는 생각이 들었다. 종하와 잘 알고 지내는 안태조차 이런 말을 하는 걸 보면, 종하에 대해 편견을 가

246

지고 있던 사람들은 자연스럽게 종하가 혹시나 총통파로 넘어간 게 아닐까 의심할 수도 있었다.

"일찍 학사에 올라온 건 저희가 고향에서 반총통파 활동을 했기 때문입니다. 그러면서…… 어쩔 수 없는 상황에 술법을 사용했습니다. 최대한 흔적이 남지 않게 처리했다고 생각했지만 그것이 아니었고요."

강율의 말에 미랑이 놀란 목소리로 말했다.

"뭐라고? 바깥에서 마음대로 술법을 사용했다는 거야? 강율 네가 처음 가온학사에 들어왔을 때도 내가 몇 번이나 말하지 않았어! 술사인 우리가 교칙을 어기면 더욱 심한 처벌을 받게 된다고 말이야!"

"분명…… 선배께서 그렇게 말씀하셨습니다."

강율이 고개를 숙였다. 미랑이 뭐라 더 말하기 전에 안태가 미랑의 손을 잡았다.

"미랑. 강율도 어쩔 수 없는 상황이었다고 하지 않나. 강율이 교칙을 어기고 싶어서 어긴 건 아닐 거야."

"그건 알지만……. 저렇게 친위대까지 찾아올 정도라면 우리도 뭔가 조치가 필요한 일이 생겼을 것 같아서."

"알지. 미랑, 네 마음을 왜 모르겠어. 일단 다른 학교의 반총통파 동아리에도 연통을 넣어 보지. 혹시 모르니까."

안태의 말에 미랑이 고개를 끄덕였다. 안태가 강율을 보았다.

"무슨 일인지 아직 정확히 모르지만 뭐든 고민이 있다면 찾아와. 들어는 줄 수 있으니."

"감사……합니다."

"무슨 일이든 시간이 필요한 법일세. 지금 당장 생각해 봤자 뾰족한 방법이 나오지 않는다면 시간을 들여 천천히 생각해 봐."

강율 역시 그렇게 생각했다. 종하와 산영 사이의 골, 그리고 종하의 상황을 정리하려면 시간이 꽤 필요할 거라고.

하지만 그 시간이, 그리 많이 남아 있지 않다는 사실을 그때는 알지 못했다.

♪ 21 ♪
저들의 계략

"각하."

김찬용과 모이환이 예를 갖춰 고개를 숙였다.

"그래, 잘 다녀왔나?"

"예. 설 교수에게도 뜻을 분명히 전달했습니다."

김찬용의 말에 김희원이 고개를 끄덕였다.

"잘했⋯⋯."

대답을 채 마치기 전에 김희원이 쿨럭이며 기침을 했다. 입을
가린 손수건에 피가 묻어 나왔다.

"각하! 괜찮으십니까!"

김찬용이 걱정스러운 목소리로 다가왔다. 하지만 김희원이 손을 저었다.

"괜찮네. 이 정도 가지고 뭘. 한창 때는 이보다 더 심한 부상도 많이 겪었는데."

"하지만, 지금이 그때와 같은 건 아니지 않습니까."

"왜. 지금은 내가 나이를 많이 먹어서?"

김찬용이 고개를 재빨리 저었다.

"제가 그런 뜻으로 말씀드리는 게 아니라는 걸 각하께서도 아시면서 이러십니다."

"하하, 알지. 그렇기에 내가 친위대들 중에서도 자네를 가장 아끼는 게 아닌가."

그 모습을 보고 있던 모이환이 입을 열었다.

"걱정하지 마십시오, 각하. 모든 것은 준비가 되었습니다."

그 말에 김희원이 고개를 끄덕였다.

"그렇지. 이제 모든 준비가 된 셈이지."

"저, 모이환이 바로 살아 있는 증거가 아닙니까. 반 죽은 자도 살려 내는 술법을 완성했습니다. 그러니 각하께서도 다시 건강해지실 수 있습니다. 앞으로도 이 가온을 오래오래 다스리셔야 하지 않겠습니까?"

"이환, 자네만 믿고 있어. 그 말대로만 된다면 새로운 가온학사의 총괄 교수 자리는 자네의 것이야."

그 말에 모이환의 눈이 번득였다.

예전부터도 늘 그랬다. 설록이 가지고 있는 건 자신도 가져야 직성이 풀렸다. 그 탓에 죽음의 문턱까지 갔지만, 사람의 타고난 성정은 바꿀 수 없었다. 병상에 누워 있으면서도 설록에 대한 모든 소문을 다 전해 들었다.

가온학사의 젊은 교수, 다음 세대 술사들을 키워 내는 진정한 술사…….

설록의 짝꿍이었던 영신이 죽으면 당연히 설록 역시 술사의 세계에서 제외되리라 생각했다. 그러나 설록은 다른 방법을 찾아 술사의 세계에 남았다. 완전히 사라진 것과 다름없는 자신과는 다르게 존경까지 받으면서.

'절대 그렇게 둘 수는 없지.'

이렇게까지 된 이상 설록의 모든 것을 짓밟아야 마음이 후련할 것 같았다. 그러기 위해 그 힘든 기간을 다 겪으며 삶의 끝자락에서 살아남은 게 아닌가.

"어차피 가온학사는 나의 필요에 의해 만들어진 곳이니, 필요가 없어진 지금은 다시 원래대로 돌리는 것이 맞겠지. 그 자리를 모이환, 자네가 채워 줄 테고."

"완벽하게 채워 드릴 자신 있습니다, 각하."

"좋아. 그렇다면 각자의 자리에서 다음 단계를 준비하게."

"예. 곧 민회에서 결과가 나올 겁니다. 물론 결과의 향방에 대해서 각하께서 걱정하실 것은 아닙니다. 아마 우리가 바라는 대로 나올 테지요. 증거들은 충분하고 이미 민회의 의원들의 절대적인 숫자 역시 우리 편으로 채워 넣었으니 말입니다."

"그게 무에 걱정이겠나. 민회의 결정이야 한낱 절차에 불과한 것을."

"김종하에게는 계속 감시의 눈을 붙여 두겠습니다. 혹시나 무슨 일이 생긴다면 바로 보고토록 하지요."

"어차피 그 애도 이제 갈 곳을 잃었을 테니 할 수 있는 것도 없겠지. 짝꿍들도 그 애를 믿어 주지 않을 게 아닌가. 아주 적당한 때지. 지금까지 기다린 보람이 있군."

모이환이 고개를 끄덕였다.

"맞습니다. 김종하가 짝꿍을 만날 때까지 기다리신 것도 다 각하의 노력이 아닙니까."

"아무리 진짜 증폭자라고 해도 그 능력은 짝꿍을 만나 실제로 판을 열고 술법을 사용하는 때에 최고치를 달성하는 것이니. 지금쯤이면 아마 김종하의 능력이 무르익었을 거고."

"그동안 그림자를 이용해 틈의 힘을 빼서 사용했지만 한 명도
제대로 된 증폭자가 되지 못하지 않았습니까. 만들어진 증폭자들
은 전부 실패하고 말았지요."

"뭐, 그렇게 만들어진 증폭자들 덕분에 자네가 다시 건강을 되
찾을 수 있지 않았나. 고마워하게."

"당연하지요. 그렇기에 그들의 가족도 제가 다 돌봐 주는 게 아
닙니까. 물론 개중에서도 불온한 마음을 먹은 자들이 있긴 합니
다만."

"그런 자들이 우리의 원대한 계획에 무슨 흠집이라도 낼 수 있
겠는가."

김희원이 말에 둘 다 고개를 끄덕였다.

"김종하 역시 곧 선택을 해야 할 겁니다. 아마 우리가 원하는
방향으로 모든 게 물 흐르듯 진행될 것 같습니다."

"좋아. 자네들만 믿지."

제5장

다시, 짝꿍

♂ 22 ♂
휴교령

쏴아아!

쿵……, 쿵!

이상한 소리가 곤히 자고 있는 강율의 귓가에 울렸다.

"으음……."

하지만 피곤함이 더 짙게 강율을 사로잡았다. 요 며칠간 상당히 바빴던 탓이었다.

종하와 산영 사이를 어떻게든 풀어 보려고 했지만 잘되지 않았다. 종하는 아무 말도 하지 않았다. 어떤 설명도 해 주지 않고, 조개처럼 입을 꾹 다물고 가만히 있었다. 산영 역시 마찬가지였다.

아무래도 종하를 바로 받아들이는 건 힘든 모양이었다. 종하가 모습을 보이지 않은 건 어제부터였다. 종하 역시 혼자서 생각을 정리하고 싶은 모양이었다.

거기에 더해 강율은 어떻게든 휴교령이 내려지는 것을 막아 보려는 설 교수를 도왔다. 설 교수와 전옥주 이사장은 할 수 있는 것이라면 뭐든지 했다. 민회의 의원들을 만나 가온학사가 계속 있어야 하는 이유를 설명했고, 할 수 있다면 설 교수의 명망이나 전 이사장의 연줄을 이용하기도 했다.

그러나 전부 소용 없어 보였다. 의원들은 경시청에서 내놓은 증거들을 확인했다며 그렇게 위험한 짓을 아무렇지 않게 저지를 수 있는 술사들을 더 이상 국가가 돈을 내며 가르칠 필요가 없다고 말했다.

어디서도 가온학사와 술사를 환영하지 않았다. 사람들은 이미 술사를 반쯤 미치광이로 여기는 모양이었다.

— 언제 터질지 모르는 폭탄 같은 자들을 두고 지금까지 각하께서 온정을 베풀었던 것이 아니오? 그런데 이렇게 일을 터뜨리고선 이제 와서 대체 무엇을 바라는 거요?

— 이미 관련 자료는 충분히 보았습니다. 이번 일이 아니더라도 지금까지 다른 술사들이 위험한 짓을 많이들 했더군요. 저는 일

반인들의 안전을 생각해서라도 술사들은 사라져야 한다고 생각해왔습니다. 제가 생각을 바꿀 일은 없을 겁니다.

설 교수의 뒤를 쫓아다니며 들었던 이야기들, 보았던 얼굴들이 꿈결 속에 안개처럼 흘러갔다. 강율은 모든 걸 자신이 망쳐 버린 기분이었다. 도대체 어떻게 바로잡아야 할지 몰랐다. 손을 대면 더욱 어긋나 버리고 말 것 같았다.

이렇게 며칠간의 피로가 누적되어 오늘은 수업이 없는 오후부터 잠에 들었던 것이다. 중간에 누군가 저녁 먹으라며 깨웠던 기억이 어렴풋이 났다. 창밖은 이미 어두컴컴했다.

'그냥 이대로 잠이나 잤으면……'

쾅!

커다란 소리, 온몸을 울리는 진동에 이번에는 강율이 벌떡 침대에서 일어났다.

"뭐지?"

콰앙!

쨍그랑! 작은 테이블 위에 둔 꽃병이 옆으로 미끄러져 바닥으로 떨어졌다. 산산조각이 난 꽃병과 반쯤 시든 꽃이 바닥 위를 뒹굴었다. 뭔가 이상했다. 인위적인 흔들림이었다.

"무슨……"

"당장 도망쳐!"

벌컥 문을 열며 미랑이 외쳤다. 하얀 얼굴엔 두려움이 떠올라 있었다. 미랑을 본 순간, 강율의 심장은 두방망이질 쳤다. 손발이 차가워졌다. 등골에 식은땀이 났다.

"지금 가온학사로 경시청의 순사들이 오고 있어!"

강율이 미랑이 있는 쪽으로 한달음에 달려갔다.

"그게 무슨 말입니까!"

"가온학사에 대한 휴교령이 정말로 내려졌어! 경시청에서 총통의 공문을 가지고 학사에 도착했어!"

"뭐라고요! 정말입니까?"

강율이 허겁지겁 복도로 나왔다. 몇몇 학사생들도 진동과 소리를 느꼈는지 나와 있었다.

"이번 휴교령에 대해 미리 정보를 전달받은 반총통파 쪽 인사들이 밖에 나와 학사 내 진입을 막고 있어. 이 진동은…… 반대하는 사람들에게 쏜 공포탄이 이쪽으로 날아온 거야."

"지금 학사 앞에서 충돌이 있다는 말씀이십니까?"

미랑이 고개를 끄덕였다.

"맞아. 지금 다른 학교의 반총통파 사람들에게도 연락을 넣어 놨어. 그들도 아마 알고 있을 거야. 가온학사를 본보기로 휴교령을 내리고 나면, 다음은 더 쉬울 거라는 걸. 뭔가 마음에 들지 않는 구석이 있으면 다른 학교도 이렇게 휴교령을 내리고 말겠지."

"하지만 무장한 저들을 우리가 막아 낼 수는 없지 않습니까!"

"그렇지. 하지만 아무것도 하지 않고 휴교령을 받아들일 수는 없잖아. 저들이 원하는 건 말만 휴교령이지 결국 영영 가온학사의 문을 닫는 거야! 그래서 이렇게 학사생들이 없는 방학 기간을 일부러 골라 이런 짓을 벌인 거겠지."

미랑의 말에 강율도 옆에 섰다.

"저도 함께하겠습니다! 저들이 이렇게까지 나올 수 있었던 데에는 제 잘못도 있지 않습니까. 조금이나마 저도 마음의 빚을 갚고 싶습니다. 가온학사는 저에게도 소중한 곳이니까요."

미랑은 강율의 얼굴을 한번 보고, 강율의 결심을 꺾을 수 없겠다고 생각한 건지 고개를 끄덕였다.

"네가 그렇게 생각한다면야."

미랑이 복도에 있는 다른 사람들에게도 소리쳤다.

"지금 우리 가온학사가 풍전등화의 상황에 처해 있소! 도움이 되고 싶은 학사생들은 전부 정문으로 모이시오!"

미랑이 강율의 어깨를 잡았다.

"다른 이들에게도 이렇게 전달해 줘! 최대한 많은 사람들을 모아야 해!"

"알겠습니다!"

고개를 끄덕인 강율이 얼른 기숙사 위층으로 올라갔다. 역시나 복도에 나와 있는 학사생들은 대부분 이게 도대체 무슨 일인지 몰라 어리둥절한 표정이었다. 강율이 커다랗게 소리쳤다.

"지금 이 진동은 우리 학사에 대한 휴교령 공문을 가지고 오는 경시청 사람들이 쏜 공포탄입니다!"

"뭐, 뭐라고?"

강율의 말에 다들 얼굴이 새하얗게 질렸다.

"지금 바깥에서는 휴교령을 막으려는 사람들이 농성을 벌이고 있다고 합니다! 학사를 돕고자 하는 분들은 지금 정문으로 모여주십시오!"

강율이 크게 소리치며 복도를 내달렸다. 강율의 말을 들은 사람들이 서로의 얼굴을 바라보았다. 이곳이 아니면 술법에 대해 체계적으로 배울 수 있는 곳이 없었다. 옛날처럼 다시 술사들을 차별하던 때로 돌아가고 싶은 사람이 있을 리도 없었고.

"우리 학사가 휴교령이라니! 말도 안 되지!"

"게다가 이렇게 학사생들의 동의도 구하지 않고 마음대로 위에서 휴교령을 내릴 순 없지 않나!"

다른 학사생들이 고개를 끄덕였다. 아래로 내려가는 학사생들을 남겨 놓고 강율은 거의 날다시피 뛰어 위층으로 올라갔다. 그러곤 다시 한번 똑같은 이야기를 목이 터져라 외쳤다.

기숙사 전체에 그 소식을 다 전하고 나자 온몸에 땀이 흠뻑 젖어 흘렀다. 밖으로 나가니 더운 여름밤의 공기가 훅 끼쳐 왔다.

"강율!"

저쪽에서 산영이 부리나케 달려왔다.

"상황 들었나!"

"응. 지금 나도 다른 이들에게 알리고 정문으로 가려고 하네."

"함께 가지. 일이 정말 이렇게까지 커질 줄은 몰랐어."

"가온학사에 휴교령이 내려지면 반총통파 활동을 하던 다른 학교들도 모두 문제가 될 수 있다고 하더군. 아마 우리는 본보기일 거야. 우리 학사가 문을 닫는다면 일반인들로만 구성된 다른 학교들 역시 모두 문을 닫게 되겠지. 총통에게 고분고분한 학교들만 남을 거야."

"비단 학교만이 문제겠는가! 학교가 시작일 거야. 총통은 교육부터 시작해서 차근차근 모든 분야에 손을 댈 생각이겠지. 지금과는 비교할 수도 없을 만큼 자신의 마음대로 좌지우지할 수 있는 나라를 만들고 싶어 하는 게 분명해."

산영의 말에 강율이 저도 모르게 살짝 몸서리를 쳤다. 분명 땀이 많이 났는데 묘하게 피부는 차가웠다.

"일단은 우리도 정문으로 가 보세."

산영의 말에 강율이 고개를 끄덕였다.

♪ 23 ♪
모이환의 술법

"이 앞으로는 한 발짝도 들어가지 못할 것이오!"

커다랗게 소리를 지르는 이는 다름 아닌 안태였다. 누군가 가져다 놓은 나무 궤짝 위에 올라선 안태가 주먹을 쥔 채, 반대편을 쳐다보았다.

거기엔 이미 강율도 아는 자가 서 있었다. 김찬용. 그 뒤로 늘어선 건 새카만 제복을 입은 경시청의 순사들이었다.

저 뒤에 보이는 커다란 대포 같은 게 아까 기숙사를 울린 소음의 원인인 듯싶었다. 저렇게 무장을 하고 온 걸 보면 오늘 저들도 그냥 돌아가진 않을 것 같았다. 학사생들이 이용하는 가게, 찻집,

요릿집으로 즐비한 길은 개미 새끼 한 마리 얼씬거리지 않았다. 가게 주인들도 전례 없는 이런 상황에 전부 문을 걸어 잠그고 눈치만 보고 있는 듯했다.

"우리 가온 학사생은 일방적 통보에 그치는 휴교령을 받아들일 수 없소! 지금껏 요구한 바와 같이 휴교령과 관련된 논의에 학사생들로 구성된 학생 위원회의 참석을 원하오!"

안태의 말에 옆에 있던 다른 사람이 맞다는 듯 커다란 함성을 질렀다.

그러나 맞은편에 있는 김찬용의 시선은 흔들리지도 않았다. 그저 지루한 얼굴로 이쪽을 쳐다볼 뿐이었다. 김찬용이 옷 안에서 종이를 꺼냈다.

"나는 총통 친위대 2등 주임관 김찬용이다. 그리고 이것은 총통 각하와 민회 의장의 직인이 찍혀 있는 정식 공문이다."

잘 보라는 듯 김찬용이 종이를 들어 올렸다.

"우리 친위대와 경시청은 총통 각하와 민회의 결정에 따라 가온 학사에 휴교령을 알리고 휴교를 돕는다. 우리를 막아서는 이들은 총통 각하와 민회의 결정을 무시하는 처사로 여기고 불온한 사상을 가지고 있지 않은지 후속 조치를 취할 수 있도록 구금할 것이다. 이는 모두 적법한 절차를 밟은 행위임을 알린다."

김찬용의 목소리는 차분했다. 뱀처럼 서늘한 얼굴이 모여 있는 학사생들 쪽을 향했다. 정확히 말하면 사람들 사이에 서 있는 강율을 바라보고 있었다. 시선이 마주치자, 강율은 순간 소름이 끼쳤다.

김찬용은 눈빛으로 확실히 말하고 있었다. 지금의 이 사태를 일으킨 것은 다름 아닌 너라고.

안태가 옆에 있는 미랑에게 말했다.

"미랑, 일단 우리가 알고 지내는 신문사 쪽에 연락을 넣어. 기자들이 있는 편이 저쪽에서도 대응하기 어려울 거야."

"알겠습니다, 언니."

"그리고 설 교수님도 불러와야 해!"

"네."

미랑이 재빨리 뒤로 빠져나갔다. 그런 미랑을 안태가 마지막까지 쳐다보았다. 사람들 사이에서 묻혀서 미랑의 모습이 보이지 않을 때까지.

"선배님, 어쩌실 생각이십니까."

강율이 안태에게 물었다. 안태가 떨리는 목소리로 대답했다.

"일단은 설 교수님과 이사장님이 오시기 전까지 버티는 수밖에는 없네. 곧 다른 학교에서도 사람들이 도착할 거야. 그럼 저쪽에서도 이대로 밀어 버릴 수는 없겠지. 시간을 버는 게 중요해."

"시간을……."

"종하는 어디에 있지?"

그 말에 강율의 대답이 턱 막혔다. 그제부터 종하의 모습을 보지도 못했던 것이다. 도대체 어디서 무슨 생각을 하는 건지 알 수가 없었다.

"저도, 모르겠습니다."

그 말에 안태가 입술을 깨물었다.

"도대체 어디에 있는 건지. 어찌 됐든 적어도 종하라도 있다면 저들이 쉽게 이쪽으로 다가올 생각은 하지 못할 것 아닌가."

"종하가…… 증폭자라서요?"

"물론 그것도 있지만."

거기까지 말한 안태가 입을 다물었다. 증폭자에 더해서 종하는 이제 총통의 친조카였다. 그가 있으면 분명 저들도 눈치를 볼 게 분명했다.

'종하, 지금 자네는 도대체 어디에 있는 건지.'

강율이 마음속으로 종하를 불렀다.

"전할 말은 전부 전했으니 이제 '이동'을 시작하겠다."

김찬용의 목소리에 사람들이 술렁였다.

"이동?"

순사들 사이로 누군가 등장했다. 그건 제복을 입고 있는 모이환이었다. 그의 손에는 금과 보석으로 장식된 호화로운 지팡이가 들려 있었다.

"자, 지금부터 잘 들어라."

사람들을 깔보는 듯한 모이환의 목소리.

"이제부터 내가 너희에게 술법을 사용할 거다. 그건 너희 애송이들이 사용하는 것과는 달리 진짜 술법이지."

그 말에 서 있던 학사생들이 술렁거렸다. 술사는 이 나라와 다른 사람들의 안전을 지키기 위해 술법을 배운다고 귀에 피가 나게 들어왔다. 그런데 저 사람은, 너무나도 당당하게 사람을 향해 술법을 쓸 거라고 말하고 있었다. 게다가 같은 술사에게.

"지금부터 행할 '이동' 술법은 내 판이 펼쳐져 있는 범위 안에서 무작위로 이루어진다. 효과는 말 그대로 이동. 움직이는 것."

학사생들을 한번 둘러보고는, 모이환이 히죽거렸다.

"하지만 어디로 이동할지는 몰라. 그게 이 술법의 핵심이지."

다들 모이환의 말을 한 번에 이해하지 못했다.

쾅, 하는 소리와 함께 모이환이 지팡이를 바닥에 내리쩍었다. 그와 동시에 훅 바람이 일었다.

"그건 내 술법에 당한 이가 천 길 낭떠러지로 '이동'될 수도 있고 불구덩이 속으로 '이동'될 수도 있다는 말이야."

순간 모두가 입을 다물었다. 그런 무시무시한 말을 하면서도 모이환은 계속해서 빙글빙글 웃고 있었다. 진심으로 지금 이 모든 게 기쁘다는 듯.

"내가 술법을 사용하지 않은 지 꽤 되거든. 그래서 어쩌면 조절을 잘 못할지도 몰라. 간만에 술법을 사용한다는 감각 때문에 너무 흥분했거든. 하지만 같은 술사인 너희들은 이해해 주겠지? 내가 조절을 잘 못해도 말이야."

옆에 있던 김찬용이 모이환을 한번 쳐다보았다. 그 시선에 모이환이 어깨를 으쓱였다.

"아아, 이런. 내 얘기가 너무 길었나? 시간이 없다고. 알겠네. 각하의 명이니 빨리 내 의무를 다해야겠지."

모이환이 자신의 지팡이를 다시 들어 올렸다. 강율이 그걸 바라보았다. 정말로 저 남자의 말대로 술법이 일어난다면, 저 남자의 판이 얼마나 커질 수 있을지는 몰라도 이곳에 모인 사람들이 위험해진다는 건 분명했다. 게다가 그는 설 교수와도 아는 사이였다. 그가 술법을 사용할 수 있는 건 확실했다.

모이환의 두 눈이 흥분으로 번들거리는 것을 보았다. 그저 위협하기 위한 말이 아니었다. 저자는 정말로 이곳에서 사람들을 향해 술법을 사용하고도 남을 만한 자였다.

"경고는 충분히 들었겠지. 우리는 일반인을 상대로 술법을 쓰고 싶지 않다. 그러니 가온학사와 관계없는 자는 물러나라."

김찬용의 말에 사람들이 동요하는 게 느껴졌다. 술법은 일반인들에게 미지의 영역이었다. 어떤 방식으로 어떻게 사람들에게 영향을 미치는지도 몰랐다. 미지의 대상은 더욱 공포감을 불러오기 마련이었다.

사람들이 술렁이는 걸 본 안태가 입술을 깨물었다. 강율이 얼른 안태에게 말했다.

"선배, 여기서 보통 사람들의 희생이 있으면 안 됩니다. 분명 저들은 그걸 가지고 술사들과 일반인들 사이를 갈라놓을 겁니다!"

누가 저들을 다치게 했는지는 쏙 빼고 사람들이 다친 이유가 가온학사의 술사들 때문이라고 호도할 것이다. 그렇다면 일반인들이 술사들을 더욱 미워하게 될 거고 가온학사는 더욱 힘든 상황이 될 터였다.

강율의 말을 들은 안태도 고개를 끄덕였다.

"그렇겠지."

안태가 자리에서 일어났다.

271

"술사들을 제외한 일반인 분들은 모두 자리에서 물러나 주십시오! 저희는 여러분이 이곳에서 다치는 것을 바라지 않습니다! 지금까지 여러분이 보여 주었던 용기가 저희가 앞으로 나아갈 힘이 될 것입니다!"

그 말에 사람들이 서로의 눈치를 보았다. 강율이 옆에서 함께 외쳤다.

"맞습니다! 이제 이곳은 저희 가온학사의 술사들이 지키도록 하겠습니다! 다들 안전을 도모하십시오! 지금은 피하는 것이 우선입니다!"

이어진 말에 사람들이 고개를 끄덕였다.

"미안하네."

누군가 강율의 손을 잡았다. 앞쪽에 서 있던 아주머니였다. 어디서 보아도 기억에 희미하게 남을 것 같은 평범한 얼굴. 하지만 지금 이 순간만큼은 평범하지 않았다. 아주머니의 둥근 눈이 강율을 고스란히 담았다. 억센 손이 강율의 손등을 토닥였다.

"이런 일을 학생들에게 전부 맡겨서. 우리가 더 미안해."

긴 시간도 아니었다. 그러나 서로의 눈빛이 오가는 그 짧은 순간에도 마음을 나눌 수 있다는 걸 강율은 깨달았다. 강율이 얼른 고개를 숙였다. 아주머니의 따뜻한 손이 빠져나갔다.

"어서 가십시오!"

강율의 말에 다른 사람들도 그 뒤를 따라갔다. 강율이 그 모습을 지켜보았다.

"거의 다 빠져나갔……."

탕!

그러나 차가운 금속의 소리가 강율의 목소리를 찢었다. 강율이 본능적으로 소리가 난 쪽을 바라보았다.

"왜……."

김찬용의 손에 들린 총에서 연기가 피어올랐다. 그리고 한 사람이 앞으로 쓰러졌다.

"으, 으악!"

뒤늦게 비명이 터져 나왔다. 쓰러진 사람의 몸 아래로 붉은 피가 흘러나왔다. 그 옆에 있던 사람이 놀라 나동그라졌다.

"대체 이게 무슨 짓이오!"

강율이 소리쳤다. 그러나 김찬용의 뒤에 서 있는 경시청의 순사들이 차례로 자리에서 일어나 사람들에게 총구를 겨눴다. 다리에 총을 맞은 사람이 신음소리를 내며 거리를 기었다.

"덕분에 불온사상을 가진 일반인들을 편하게 골라낼 수 있게 해 줘서 고맙군. 술법을 사용하지 못하는 일반인들은 우리 쪽에서 관리해야 하거든. 괜히 일반인들 사이에 술사가 껴 있다간 우리 쪽도 다칠 수 있잖아."

그렇게 말하며 김찬용이 강율 쪽을 바라보았다.

'당했다.'

저들은 이미 우리의 머리 위에서 놀고 있었어.

"일부러, 일부러 이랬던 거였어!"

"자, 그럼 이쪽은 시작하겠습니다."

그 말과 함께 김찬용이 손을 들어 올렸다. 그와 함께 어느새 바깥을 포위하고 있던 순사들이 모습을 드러냈다.

"대체 언제부터!"

안태가 주먹을 쥐었다. 그러나 총과 칼을 든 순사들에게 일반인들이 대항할 수 있는 방법은 없었다.

"살려 주십시오!"

붙잡힌 누군가 소리를 질렀다.

순사들이 사정없이 사람들을 무릎 꿇리고 두 손을 묶었다. 소문으로 총통의 잔인함과 순사들의 야만성에 대해 들어왔어도 그 것을 직접 겪는 것과는 차원이 달랐다. 잡힌 사람들이 모두 얼이 빠진 채로 바닥에 쓰러졌다. 불안과 절망이 창백해진 얼굴 위에 그림자처럼 스쳐 지나갔다.

이윽고 비명과 소란이 이어지며 사람들이 잡혀가는 게 보였다.

"아주머니……!"

방금 전 강율의 손을 잡았던 아주머니가 순사의 손에 머리채를 잡혀 끌려가는 게 보였다.

"안 돼. 안 돼……."

강율이 고개를 저었다. 이대로 둘 수 없었다. 이게 전부 저자들의 계략이라고 해도 넘어갈 수 없었다.

"강율!"

산영의 부름이었다. 그의 눈에는 절망과 두려움이 뒤섞여 있었다. 하지만 강율은 산영이 왜 자신의 이름을 불렀는지 금방 알아챌 수 있었다. 산영은 여기서 도망치거나, 이 모든 걸 모르는 척하려고 강율을 부른 게 아니었다.

"산영."

산영이 고개를 끄덕였다. 그건 어떻게 되더라도 일단은 해 보자는 의미였다. 지금 강율의 생각에 동의한다는 뜻이기도 했고.

"안태 선배!"

산영 역시 자신과 똑같은 생각을 한다는 걸 확인한 강율이 안태를 불렀다.

"뒤를 부탁드리겠습니다. 이번 일에는 저희의 탓도 있지 않습니까. 어떤 방식으로든, 제가 책임지고 싶습니다. 혹시나 종하가 온다면…… 저희의 선택에 대해 선배가 설명해 주셨으면 합니다."

"강율! 산영! 자네들 지금 도대체 뭘 하려고 그래!"

"저희들이 지금 할 수 있는 일을 하려고 합니다."

"안 돼. 지금 자네들이 나서면……."

"차라리 지금 '저희만' 나서는 게 나을지도 모릅니다."

강율의 말에 안태가 말을 잇지 못하고 눈만 깜박였다.

"어쩌면 저희는 살아남을 구석이 있을지도 모르니까요. 그러니 저희가 나서는 게 맞습니다."

그 말을 할 때, 강율은 마음속에서 종하를 떠올렸다. 어찌 되었건 자신과 산영은 종하의 짝꿍이었다. 만약 잡혀간다고 해도 총통의 친조카인 김종하의 이름이 최후의 보루가 되어주지 않을까, 하는 막연한 생각이 있었다.

'어쨌든 종하는 총통의…….'

거기까지 생각한 강율이 입술을 깨물었다. 종하가 가장 받아들이기 힘들어하는 부분까지 이용하려는 자신의 모습이 실망스러웠다.

어쩌면 이게 지금껏 종하가 느껴 왔던 감정일 수도 있었다. 증폭자라서 늘 열외가 되는 자신, 그런 자신을 이용해 더욱 뭔가를 해야 한다는 압박감, 주변의 시선까지. 종하는 늘 이런 모순적인 자신의 모습을 끌어안은 채 살아야 했던 것이다. 게다가 이제는 총통의 친조카라는 감당할 수 없는 사실까지.

"오호통재라. 이 얼마나 비극적인 광경인지!"

모이환의 목소리가 들렸다. 그가 연극적인 톤으로 말을 이었다.

"하지만 시간은 기다려 주지 않는다네. 자, 다들 준비는 하셨나?"

모이환이 짧게 여는 소리를 외쳤다. 강율이 얼른 주변을 살폈다. 술법을 완성시키려면 꼭 필요한 것들. 그중 하나만 없더라도 술법이 이루어지지 않는 것.

"산영, 일단 저자의 짝꿍을 찾아내!"

그 말에 산영이 움직이려 했다. 하지만 모이환이 웃음기 넘치는 목소리로 말했다.

"아하, 그래도 나름 똑똑한 아이들이로구나. 하지만 너희들이 찾는 건 없단다."

"없다고……?"

"나에게는 짝꿍이 필요하지 않거든. 나 혼자만으로도 완벽한 술법을 구사할 수 있다는 이야기지."

그 말에 한 사람이 떠올랐다. 짝꿍이 없어도 술법을 구사할 수 있는, 이들이 모두 아는 한 사람.

"민한희 조교님……?"

강율의 중얼거림에 모이환이 고개를 끄덕였다.

"그래. 그 애가 도움이 됐지. 늘 설록의 꽁무니만 쫓아다니더니."

순간 좋지 않은 예감이 스쳤다.

"당신, 대체 조교님께 무슨 짓을 한 건가!"

모이환이 실쭉 웃었다.

"글쎄, 뭘 했을지 한번 상상을 해 보겠어? 자네들이 그 상상을 하는 동안 나는 이제 주문을 외워야 하거든."

쭉 뻗은 손, 거기에 들린 화려한 지팡이.

"다들 이동할 시간이다. 목적지와 도착 시간은 없는, 그저 거꾸로 달리는 시간이여!"

모이환이 주문을 외운 것과 동시에 가장 앞에 있던 누군가 슥 사라졌다.

그건 마치 보이지 않는 문 뒤로 그 사람을 밀어 버린 것 같았다. 보이지 않는 문이 툭 닫히자 그 자리에 서 있던 사람도 사라지고 말았다.

모이환의 술법이 시작됐다는 걸 알아챈 이들은 전부 두려움에 질렸다.

☞ 24 ☜
시간에 갇힌 집

한편, 모이환과 순사들이 아직 가온학사에 몰려 들어오기 전, 저녁.

민한희가 사라졌다는 것을 설 교수가 알아챈 건 그때쯤이었다. 평소 같으면 강의 준비나 다른 일로 민한희와 늘 같이 있었을 텐데 지금은 방학이었고 게다가 요 며칠간 설 교수는 휴교령을 막기 위해 이사장과 함께 동분서주하느라 신경을 쓰지 못했다.

오늘도 설 교수는 위에 있는 사람들을 설득하기 위해 자리를 비웠다가 돌아온 참이었다. 책상 위에 쪽지 하나가 놓여 있었다. 그리고 익숙한 필체로 적힌 내용은 설 교수를 당장 움직이게 만들기 충분했다.

「교수님, 제가 직접 모이환을 만나겠습니다. 그는 이번 가온 학사 휴교령과 관련해 제1의 책임자이며 총통에게 모든 권한을 양도받은 자입니다. 교수님께서는 그자를 껄끄러워하시고 그자 역시 교수님을 본다면 이번 일을 개인적인 감정으로 더 밀고 갈 수도 있습니다. 그러니 일단 제가 나서도록 하겠습니다.」

"한희……, 자네가 뭘 어쩌겠다고!"

민한희는 아직 모이환의 무서운 점을 몰랐다. 그는 보통 사람과는 전혀 달랐다. 자신이 원하는 게 있다면 그 어떤 부도덕한 일이라도 할 수 있는 자였다. 그런 자와 거래를 하려고 마음을 먹는 것이 얼마나 위험한 일인지 민한희는 아직 알지 못했다.

그러나 모이환이 어디에 있는지도 알지 못하는데 민한희를 찾을 수 있을 리가 만무했다. 죽은 줄 알았던 모이환, 그리고 다시 살아나 모습을 드러낸 모이환, 어떻게 한 건진 몰라도 총통의 신임을 받고 있는 모이환.

총통 관저 내부에 심어 둔 사람들을 통해 정보를 빼내려고 했지만 도대체 모이환이 어디에 살고 있는지, 어딜 가면 만날 수 있는지도 알 수 없었다.

"도대체 어디로 가야……."

"교수님."

익숙한 목소리. 열린 문 뒤에 서 있는 사람은 다름 아닌 종하였다. 순간 설 교수는 종하라면 모이환이 어디에 주로 있는지 알 수도 있겠다는 생각이 들었다.

"종하, 급한 사건이야. 당장 모이환의 거처를 알려 주게!"

"그렇지 않아도 그 사람의 행동거지가 이상했습니다! 그래서 저역시 교수님에게 이렇게 달려왔고요."

그 말에 설 교수가 종하를 바라보았다.

"종하, 자네가 최근 총통 측에서 이런저런 역할을 하고 있다는 건 알고 있었어. 그래서 난 혹시라도 자네가 정말로 총통의 친조카라는 지위를 받아들일지도 모른다고 생각했었네."

그 말에 종하가 쓰게 웃었다.

"제가 싫다고 해서 거절할 수 있는 게 아니잖습니까, 총통의 친조카라는 위치는. 총통이 저에게 직접적으로 접근을 해 왔으니오히려 그것을 최대한 이용해야 한다고 생각했습니다. 물론……제 짝꿍들을 제대로 보지 못하겠다는 이유도 있었습니다만."

"그래. 다들 자네의 출생에 대해 받아들이는 데엔 시간이 필요할 수 있지."

"예. 그렇기에 그동안은 차라리 이렇게 총통 측의 정보를 빼돌리는 게 나을 수도 있겠다고 여겼습니다."

"일단은 모이환의 거처로 가지. 민 조교가 그곳에 있을 것 같거든."

"네."

종하가 앞장서 모이환의 거처로 설 교수를 안내했다. 총통이 주로 사용한다는 가온 왕조의 옛 별궁 옆 작은 건물이었다.

"이곳입니다."

종하의 말이 떨어지자마자 설 교수가 거칠게 문을 열고 안으로 들어섰다.

"한희! 민한희, 여기 있나!"

설 교수의 목소리가 날카롭게 울렸다. 안쪽에서 희미한 소리가 났다. 설 교수와 종하가 한달음에 그쪽으로 달려갔다.

"민 조교!"

쓰러져 있는 민한희를 보곤 설 교수가 달려갔다. 종하가 설 교수에게 말했다.

"뭔가 이상합니다!"

쓰러져 있는 민한희의 옆에 있는 기묘한 도구들. 그 주변에는 핏방울이 점점이 떨어져 있었다. 그걸 본 설 교수가 입술을 깨물었다.

"한희, 대체 자네에게 무슨 짓을 한 건가! 응?"

설 교수가 잠든 것처럼 보이는 민한희의 얼굴을 내려다보았다.

설록은 모이환을 잘 알았다. 그는 설록의 곁에 있는 거라면 그게 뭐든 탐을 냈다. 자신의 짝꿍이던 영신까지 죽음에 몰아넣지 않았던가. 그 성정이 시간이 지났다고 바뀔 리 없었다. 어쩌면 민한희도 그것을 알아차렸는지도 모른다. 그렇기에 자신이 모이환과 대등하게 거래할 수 있는 입장이라고 생각했을 수도 있다.

그러나 그런 생각은 모이환에게는 전혀 통하지 않았다. 모이환은 자기 자신 이외에는 그 누구도 인정하지 않았으니까. 그러니 자신을 찾아온 민한희는 그저 제 발로 걸어 들어온 먹잇감에 지나지 않은 거였다.

"한희! 한희, 일어나보게!"

"교수님!"

종하가 뭔가를 발견해 내밀었다. 작은 종이 안에는 휘갈긴 글씨로 짧은 내용이 적혀 있었다. 그걸 본 설 교수의 손이 떨렸다. 그건 모이환이 설록에게 보내는 편지였다. 마치 설 교수가 이곳에 찾아올 거라는 걸 알고 있었다는 것처럼.

「좋은 선물, 잘 받았어. 덕분에 내가 아무런 걱정 없이 술법을 혼자
서도 펼칠 수 있겠군. 아, 쓰러져 있는 아이 걱정은 하지 않아도 돼.
그저 자는 것뿐이니까. 그리고 자네는 내가 다시 돌아올 때까지 여
기에 있어 줬으면 좋겠어. 나와 회포를 풀어야 할 일이 많잖아? 조
금만 기다리고 있어, 곧 돌아올 테니.」

모이환은 종이에 웃고 있는 얼굴 표정까지 그려 두었다. 그걸
본 설 교수의 얼굴이 굳었다.
"술법을 혼자서 펼칠 수 있게 되었다는 건……!"
모이환을 만나고 난 후에도 그에게 그리 큰 주의를 기울이지
않은 것은 모이환의 짝꿍 역시 예전 그 사고에 휘말려 목숨을 잃
었기 때문이었다. 그렇기에 모이환이 더 이상 술사로서 기능할 수
없다고 여겼다.
"그런데 술법을 혼자서 펼칠 수 있게 되었다니. 이건 나로서도
생각하지 못한 일이었는데."
"그럼…… 모이환이 민 조교님을 이용해서 혼자서도 술법을 펼
칠 수 있게 된 겁니까? 설마 그렇다면 민 조교님의 핏줄로 통해

이어지는 그 능력을 어떤 방법으로 빼앗아 간 겁니까?!"

"정확히 알 수는 없지만 아마도……."

어쩌면 민한희는 자신이 가지고 있는 능력을 담보로 가온학사
의 휴교령을 막아 보려 했을지도 모른다.

"잠깐."

설 교수가 고개를 들어 올렸다. 제 맘대로 술법을 사용할 수 있
게 된 모이환. 그는 지금 어디에 있을까?

"당장 여기서 나가야 하네! 지금 모이환은 가온학사를 치려고
하고 있을 거야!"

설 교수의 외침에 종하도 놀라 자리에서 일어났다.

"……어?"

종하가 이상한 소리를 냈다. 종하의 시선은 마룻바닥을 향해
있었다. 정확히 말하면 마룻바닥에 드리워진 꽃병의 그림자를.

그림자가 순식간에 늘어났다 짧아졌다 사라졌다가 다시 등장
하기를 아주 빠르게 반복했다. 몇 번이나 그랬을까? 체감으로도
수십 번이었다. 그러곤 다시 짧아진 그림자는 아무렇지도 않게
돌아와 있었다. 뭐라 말할 수 없는 이상한 기분이 들었다. 뭔가가
변했는데 그게 뭔지 알 수가 없었다.

"문이, 열리지 않습니다!"

종하의 말에 설 교수가 다가왔다. 하지만 아무리 손잡이를 잡아당겨도 문은 꿈쩍도 하지 않았다. 설 교수가 어쩔 수 없다는 듯 창문을 향해 자신의 지팡이를 세게 휘둘렀다. 창문이라도 깨서 나갈 심산이었다.

텅!

그러나 돌아온 소리는 심상치 않았다. 종하도 설 교수도 믿을 수 없다는 듯 창문을 보았다. 그러나 지팡이를 튕겨 낸 창문은 흠집 하나 없이 멀쩡했다. 성인 남성이 그렇게 힘을 주고 휘둘렀는데도.

설 교수가 창문에 손을 가져다 댔다. 그것을 자세히 살핀 설 교수의 입에서 신음 소리가 흘러나왔다.

"왜 그러십니까?"

종하가 물었다. 설 교수가 입술을 깨물었다.

"민 조교를 여기에 부른 것부터, 모이환의 계책이었어. 이곳은 나를 잡아 두기 위한 덫이었네!"

"덫이라고요?"

"이 집 전체에 술법이 걸려 있어. 그것도 그저 문을 막아 두거나 물리적인 막을 생성하는 방식이 아닌……."

설 교수의 시선이 아까 종하가 보았던 꽃병에 가 닿았다.

"이 집 안의 시간 축을 움직인 것 같군. 그런 방식으로 바깥과 이 집을 단절시켜 버렸어. 이건 훨씬 더 복잡한 술법이라 웬만한 술법으로는 깨트릴 수가 없네."

"집 안의 시간 축만을 움직이다니."

"나에게 확실히 보여 준 거지. 자신이 정말로 혼자서도 술법을 쓸 수 있으며 그것도 예전보다 더 강하고 복잡한 술법을 사용할 수 있다는 것을."

"그럼 이제 어떡합니까? 아니, 가온 학사는요?"

강율과, 산영은요?

마지막 질문은 차마 물어볼 수가 없었다.

"모이환이 움직였다는 것은 가온학사에 대한 휴교령이 내려졌다는 게 아닙니까. 분명 학사생들이 나서서 맞설 겁니다. 지금은 방학이라 남아 있는 학사생도 얼마 없는데……."

수적으로도 힘으로도 열세였다. 경시청의 순사와 친위대만 있다고 해도 문제였는데 거기에 술사인 모이환까지 가세한다면 학사생들의 안위까지 위험할 게 분명했다.

"가야 합니다!"

종하가 외쳤다. 강율과 산영이 위험에 처해 있었다.

지금까지 둘 앞에 떳떳이 나서지 못한 것은 낙인처럼 찍힌 자신의 출신 때문이었다. 강율은 시간이 해결해 줄 거라고 말했지만 종하는 그걸 믿을 수가 없었다. 이미 한번 깨진 틈은 붙기는커녕 시간이 지날수록 계속해서 조금씩 더 갈라질 것만 같았다.

자신을 보면 총통이 떠오를 게 뻔했다. 산영에겐 말할 것도 없었다. 산영의 가족들을 전부 죽인 이가 바로 총통이 아닌가.

머리로는 이해해도 심정적으로는 자신을 받아들일 수 없다는 것을 종하는 잘 알고 있었다. 그래서 조금 시간을 가지는 게 맞다고 생각했다. 하지만 지금은 강율과 산영의 안전이 가장 먼저였다.

"가야 해요, 교수님! 절 보내 주십시오!"

종하가 설 교수의 옷자락을 꽉 잡았다. 그런 종하를 설 교수가 어찌해야 할지 모르겠다는 눈길로 바라보았다.

이 집에 걸려 있는 술법 전체를 무너뜨리려면 훨씬 더 정교하고 강한 술법이 필요했다. 설 교수가 이를 꽉 깨물었다. 술법을 제대로 사용한 게 언제인지도 기억이 나지 않았다. 모이환이 벌인 사건에 휘말려 짝꿍을 잃고 난 후, 진짜 술법은 사용하지 못했다.

물론 몇 번 어쩔 수 없는 상황에서 간단한 술법을 사용한 적은 있다. 하지만 그것도 전부 민한희의 도움을 받을 수 있을 때였다.

'그런데 지금은…….'

민한희의 상태가 어떤지 알 수 없었다. 모이환에게 민한희의 능력이 전부 넘어갔을 수도 있었다. 아무것도 모르는 상황에서 술법을 펼쳤다가는 설록 자신도 어떻게 될지 몰랐다.

"……교수님!"

그러나 당장 울 것 같은 얼굴로 자신만을 바라보는 제자의 앞에서 안 된다는 말은 나오지 않았다.

"여기서 몸을 사린다고 해도 어차피 내 앞을 기다리고 있는 건 똑같겠지. 그럴 바에는 할 수 있는 건 다 해 보는 것도 나쁘지 않을 테고."

설 교수가 자신의 울채인 지팡이 끝을 매만졌다. 그건 영신이 선물한 것이었다. 지팡이를 매만지고 있으면 영신이 말을 걸어오는 것 같았다.

— 너는 나를 잃었지. 그러니 제자들까지 잃으면 안 되잖아. 안 그래?

소복소복 내리는 첫눈 같던 목소리. 서늘하게 감기는 그 목소리. 설 교수가 고개를 끄덕였다.

'맞아, 영신.'

여기서 총통과 모이환이 이기게 된다면 어차피 자신의 목숨은 없는 거나 다름없었다. 설 교수가 고개를 끄덕였다.

"보내 주지."

그 말에 종하의 얼굴에 환희가 퍼졌다.

"하지만 여기서 나갈 수 있는 건 자네뿐이야."

"예? 교수님은 어쩌시고요!"

"지금 이 집에 걸려 있는 술법, 그리고 내가 지금 자네에게 걸 술법은 전부 시간과 관계되어 있는 것이지. 살아 있는 생물체에게 시간과 관계된 술법을 거는 것은 사실 금지되어 있네만⋯⋯."

"그건 중요치 않습니다!"

"알고 있다네. 하지만 시간선은 적게 건드릴수록 좋아. 게다가 술법의 시전자인 나까지 시간선에 걸린다면 어떤 일이 일어날지 장담할 수 없고. 그게 아니더라도 난 이곳에 있는 게 맞을 거 같으니."

설 교수가 누워 있는 민한희 쪽을 바라보았다.

"게다가 모이환이 그곳에 있다면 아마 나를 보고 무슨 짓을 더 하려고 들지 몰라. 그는 내가 관련되어 있다면 더 크게 반응하곤 했으니까."

종하가 고개를 끄덕였다.

"교수님의 말이 맞습니다. 하지만⋯⋯."

"그래. 자네는 나가야만 하는 이유가 있지."

설 교수가 꽃병의 그림자를 바라보았다.

"아까 이 그림자가 움직였잖나. 그건 술법이 사용된 만큼 이 집의 시간을 돌리는 움직임이었을 거야. 자네를 내보내려면 지금 이 집의 시간이 정확히 언제인지 알아야 하는데……."

그때 종하가 뭔가를 발견했다.

그건 오래된 달력이었다. 하루가 지나면 한 장을 찢는 형식의 일력. 종하가 그것을 가리켰다. 일력은 오늘이 아닌 2월의 어느 날에 머물러 있었다.

"이날은 어떻습니까?"

지금으로부터 반년은 족히 전인 날짜. 그걸 본 설 교수가 고개를 끄덕였다.

"다른 실마리는 없으니 일단은 이걸 믿어 보는 수밖에는 없겠군. 좋아. 그럼 내가 자네를 저 날의 이 시간대로 돌려보내겠네. 시간대가 다른 이 집에서 빠져나가기 위해선 같은 시간대로만 움직일 수 있으니까. 만약 지금 이 집의 시간대가 저 날이 아니라면 다시 계산해서 새로운 날짜를 시도해 봐야겠지."

"시간대가 맞을 때까지 말입니까?"

"그래. 맞을 때까지. 그러니 우리가 짐작한 저 날이 한 번에 맞았으면 좋겠군."

"그리고 나면요?"

"과거의 시간대에 있는 자네에게 지금의 자네를 잠깐 겹치게 해서 일단 이 집에서 빠져나갈 수 있게 만들 거야. 문을 열 수 있도록 집 안과 밖의 기압을 맞추는 셈이지. 그리고 빠져나간 자네는 바로 현재로 돌아와야 하네. 그러지 않으면 과거의 일에 자네가 개입할 수도 있으니 말일세. 지나간 시간을 건드리는 자는 영원이 시간의 균열 사이에서 빠져나오지 못하게 돼. 알아듣겠나?"

"……네."

"나 역시 몇 번 해보지 않은 술법일세. 사람에게는 써 본 적도 없고."

"뭐든지 괜찮습니다."

종하가 인내하겠다는 얼굴로 고개를 끄덕였다.

"조금 충격이 있을 수 있어. 유의하게. 내가 주문을 다 외우고 자네의 어깨를 건드리면 저 문을 열고 나서게. 그와 동시에 과거의 자네와 짧은 시간 겹쳐질 거야."

"그럼 저 시간대에 제가 있던 장소로 가게 되는 겁니까?"

"그렇지. 부디 과거의 자네가 가온학사와 가까운 곳에 있었다면 좋겠군. 준비 다 됐나?"

"예."

"좋아. 거기에 서게."

설 교수의 앞에 종하가 섰다. 지팡이를 든 설 교수가 짧게 숨을 내쉬었다. 이건 설 교수에게도 용기가 필요한 일이었다.

이 주문을 만들었던 아주 오래전 이 순간을 설 교수가 어제 일처럼 생생하게 떠올렸다. 자그마한 달항아리에 꽂혀 있던 다 시든 매화 가지.

시든 매화 가지를 가운데 두고 영신과 설록은 자신들이 만들어 낸 주문을 실험했다. 어떻게 해야 이 매화꽃의 시간을 돌려 다시 꽃이 피었던 그 시간대로 돌려낼 수 있을지 한 문장 한 문장 고민하면서.

"……보답하라."

아주 작은 소리로 속삭이듯 여는 소리를 외운 설교수가 천천히 기억 속 주문을 외웠다.

"아, 시간은 나선형이라. 돌아가는 소라 껍질 속에 우리는 그저 앞으로 걷노라. 이지러지는 달처럼 우리의 시간은 머물지 않아라."

주문은 거의 완성되었다. 마지막 부분은 항상 영신과 설록이 함께 외우곤 했는데 이번에는 그럴 수 없었다.

"그러나 청춘의 찰나를 다시 한번 만끽할 수는 있으리라."

주문의 완성과 동시에 설 교수가 종하의 어깨를 살짝 밀었다. 종하가 굳게 잠겨 열리지 않던 문을 열었다. 그러곤 뭐에라도 홀린 듯 문 너머로 사라졌다.

철컥.

다시 문이 닫히자 이제 이 집 안에 남은 건 설 교수와 민한희 뿐이었다. 설 교수가 가늘게 떨리는 자신의 손을 내려다보았다.

실로 간만에 사용한 술법이었다. 펼쳐진 자신의 판을 설 교수가 힐긋 보았다. 추출자도 없이 힘을 내다 쓴 술법의 타격이 서서히 온몸에 퍼지는 게 느껴졌다.

얼마나 버틸 수 있을까?

설 교수가 민한희의 옆에 있는 의자에 몸을 뉘었다. 아직도 잠에 빠져 있는 민한희를 보며 설 교수가 중얼거렸다.

"적어도 내 숨이 넘어가기 전에⋯⋯ 깨어나 주길. 자네 손이 아니면 이제 난 내 판 안에서 빠져나올 수도 없으니."

그 말을 마친 설 교수의 눈이 감겼다.

♪ 25 ♪
내가 갈게

종하가 눈을 감았다 뜨니 자신을 향해 몰려오는 거대한 흙의 파도가 보였다.

'이건……'

분명히 어디선가 본 광경이었다.

그리고 종하의 눈에 그 흙의 파도를 멍하니 보고 있는 누군가가 들어왔다.

"강율."

그 이름이 종하의 입에서 흘러나왔다. 그러자 이날이 언제인지 번개를 맞은 것처럼 기억났다.

강율과 처음으로 만났던 그날, 김종하의 인생에 새롭게 주인공이 될 그 작은 여자애가 불쑥 들어왔던 그때.

열린 틈, 밀려오는 흙의 파도. 그리고 거기에 죽음을 감지한 듯 서 있는 강율.

왜 하필이면 고르고 골라도 이 날로 되돌아간 건지.

하지만 감상에 젖을 시간은 없었다. 과거로 돌아간 자신은 지금 당장 강율의 목숨을 구해 내야 했다. 과거의 자신이 그랬듯이.

이곳에서 머무르는 시간이 얼마나 되는지는 몰랐지만 최선을 다해야 했다. 과거의 감각 그대로.

바닥을 박차고 종하가 높게 뛰쳐나갔다. 그러나 종하의 시선이 저도 모르게 강율이 서 있는 쪽을 향했다.

"무슨⋯⋯?"

아직 종하를 알지 못하는 강율과 눈이 마주쳤다. 보석처럼 반짝이는 그 눈동자.

시간이 한없이 느리게 흐르는 기분이었다. 종하가 저도 모르게 속삭였다.

"내가 갈게. 너에게로."

그게 마지막이었다.

다시 눈을 뜨니, 강율도 틈도 없는 학사 건물 안에 홀로 서 있었다.

"아."

창문 밖으로 내려앉은 어둠. 쏴아 불어오는 바람에 축축한 습기가 느껴졌다.

현재로 돌아왔다는 감각이 온몸을 스치고 지나갔다.

"강율, 산영."

좋하는 둘이 있을 곳을 향해 뛰어갔다.

♪ 26 ♪
서로 찔릴 때까지

"……목적지와 도착 시간은 없는, 그저 거꾸로 달리는 시간이여!"

모이환이 주문을 외우는 소리가 들렸을 때, 이미 늦었다는 생각이 들었다.

가장 앞에 있던 누군가 사라졌다. 그에 이어 옆에 있던 키가 껑충한 남자의 모습도 없어지고 말았다. 그걸 알아챈 다른 이들의 표정이 새하얗게 질렸다.

"저, 정말로 사라졌어! 없어졌다고!"

앞에 있는 모이환이 빙글빙글 웃었다. 다른 쪽에서는 김찬용을 위시한 경시청의 순사들이 이 사건에 참여한 일반인들을 전부 잡아들이고 있었다. 얼마나 철저하게 계획한 건지 예상 도주로 역시 전부 막힌 모양이었다.

안태가 소리쳤다.

"가온 학사생들! 전부 정문 안으로 후퇴한다!"

그 말에 앞을 지키고 있던 학사생들이 정문 안으로 들어왔다.

"정문 안에서부터는 이제 가온학사. 교내에서 술법을 쓰는 것은 법적으로 보장받은 일! 학사생들, 전부 저자의 술법에 맞서 몸을 보호할 수 있는 술법을 스스로에게 펼쳐라!"

그제야 다들 깨달았다는 표정으로 여는 소리를 외웠다.

다른 사람을 공격할 수는 없었지만 적어도 스스로에게 술법을 사용하는 건 불법적인 행위가 아니었다.

그걸 본 모이환이 씩 웃었다.

"그래도 머리를 쓸 수 있는 사람이 있긴 하군. 하지만 그렇게 끝까지 아등바등하지 않아도 될 텐데."

모이환이 지팡이를 조금 더 높게 들어올렸다.

"어차피 애송이 같은 자네들의 술법으로는 내 것을 막을 수 없어. 이건 그냥 압도적인 힘의 차이일 뿐이지."

그 말이 끝나자마자 저쪽에서 누군가 사라졌다. 그리고.

"으아악!"

비명 소리가 났다. 그건 위에서 난 소리였다. 강율이 위를 쳐다보았다.

"막아!"

강율이 이렇게 외치고는, 사라진 학사생이 '이동'한 허공 아래로 몸을 움직였다.

쿵!

허공으로 이동당한 학사생은 그대로 바닥으로 추락했다.

"으윽……."

강율이 나지막하게 신음소리를 내뱉었다.

"괜찮나?"

하지만 자신보다는 바닥에 떨어진 학사생의 안전이 먼저였다. 강율을 비롯한 다른 몇몇 사람들이 이쪽으로 달려와 떨어지는 학사생을 몸으로 받아 낸 덕분에 다행히 많이 다치지는 않은 모양이었다.

"괘, 괜찮아. 고맙네, 다들."

하지만 놀란 마음은 진정시키지 못했는지 그렇게 대답하는 이의 입술은 새파랗게 질려 있었다.

"뒤로 빠지는 게 좋겠네. 아니면 아예 이곳을 벗어나도 좋고."

그 말에도 그는 고개를 내저었다.

"아닐세. 내가 여기서 벗어나면 또 다른 이가 나 대신 걸릴 수도 있는 거잖아. 조금이라도 확률을 줄여 주는 게 낫겠지."

"하지만……."

"정말 눈물겨운 우정이로군. 그렇다면 이번엔 완전히 '이동'시켜 주지."

모이환이 이번에는 쓰러져 있는 그 학사생을 향해 지팡이를 겨눴다. 그걸 본 강율이 그 앞을 제 몸으로 가로막았다.

"그럴 거라면 날 먼저 '이동'시켜!"

산영 역시 강율의 옆에 섰다.

"그래! 우리를 먼저 이동시켜라!"

그걸 본 모이환이 실쭉 웃었다.

"아. 자네들은 가장 마지막으로 남겨 두고 싶었는데 말이지. 이렇게 먼저 해치워야 하다니 마음이 좀 아프네."

강율이 소리쳤다.

"이상한 소리 집어치워! 할 수 있으면 해 봐, 어디!"

말은 그렇게 했지만 등 뒤로 식은땀이 주르륵 흘렀다. 모이환이 반쯤 돌아 있다는 건 강율도 이미 잘 알고 있었다. 저 사람이라면 정말 앞뒤 가리지 않고 이곳을 전부 쑥대밭으로 만들 수 있었다.

하지만 나서지 않을 수가 없었다. 이건 선택의 문제가 아니었다.

양심과 앞으로 살아갈 인생의 방향의 문제였다.

"술법은 술법으로만 막을 수 있는데……. 너희 둘로는 제대로 된 술법을 사용할 수도 없잖아. 그런데도 내 앞을 가로막아 보겠다는 건가?"

모이환이 씩 웃었다.

"좋다. 그럼 그 용기를 생각해 나도 최선을 다해 주지."

그 말과 함께 순간 주변이 웅, 하고 울리는 듯한 느낌이 들었다. 강율이 마른 침을 삼켰다.

'종하, 대체 어디서 뭘 하고 있는 겐가. 정말로 총통의 친조카라는 자리를 받아들이려는 거야? 자네만 있었다면…….'

종하가 있었다면 적어도 이렇게 아무것도 해 보지 못하고 패배를 직감하진 않았을 것이다.

셋에서 하나가 빠지자 무엇도 아닌 게 되어 버렸다.

"그럼, 잘 가라."

모이환의 말을 들으며 강율이 옆에 있는 산영을 보았다.

'괜찮아.'

마지막까지 우리가 함께였으니까. 산영과 강율이 서로의 손을 잡았다. 그리고 모이환의 술법이 다시 시작되기 전, 누군가의 목소리가 찢어지듯 울렸다.

"그것은 내가! 너의 죽음까지 사랑한 까닭이다!"

사방을 울리는 그 목소리에 강율과 산영, 누가 먼저랄 것도 없이 고개를 들었다. 그러자 거기엔 타오르는 불꽃같은 눈동자를 가진 종하가 서 있었다.

"종하!"

산영이 종하의 이름을 불렀다. 종하가 이쪽을 보았다.

"미안해."

그렇게 말하는 종하의 얼굴은 어딘지 모르게 굳어 있었다.

"내가 너무 늦은 건 아니지? 그동안 두려웠어. 자네들이 나를 싫어하게 된다면…… 나조차도 나를 용서할 수 없을 것 같아서."

세상에서 가장 두려운 건, 짝꿍인 강율과 산영이 자신에게서 고개를 돌리는 거였다.

이제 자신은 그 둘이 없다면 살 수 없었는데 그렇게 버림받을까 봐 그걸 확인하는 게 가장 무서웠다. 그래서 피했다. 시간이 필요하다면서.

산영이 그런 종하를 바라보았다. 종하는 분명 원수의 가족이었다. 그러나 한편으로는 자신의 하나뿐인 짝꿍이기도 했다. 강율이 종하의 이야기를 전해 주었을 때, 산영은 고통스러웠다. 종하가 스스로 태어나지 않았으면 좋았을 거라고 생각하고 있었다니.

자신이 느끼는 고통을 종하 역시 똑같이 느끼고 있을 터였다. 아니, 어쩌면 더 걱정하고 고민했을 수도 있다. 지금까지 산영이 직접 옆에서 보고 겪은 종하는 자신의 마음을 표현하는 데 능숙하지는 않았지만 모든 것을 진심으로 여기고 받아들이는 사람이었다. 짝꿍이잖아. 지나간, 어쩔 수 없는 과거가 자신들의 미래를 엉망으로 만들게 둘 순 없었다.

"내 대답은……."

산영이 자신의 울채를 손에 들었다.

"이 세상 한판 신나게 놀아 보세!"

산영이 종하에 대한 대답 대신 여는 소리를 외쳤다.

산영은 온몸으로 말하고 있었다. 우리는 짝꿍이며, 절대 떨어질 수 없다고. 자네의 피가 누구에게서 시작됐든 중요한 건 지금 현재를 살아가는 서로라고.

우리는 함께여야만 한다고.

셋의 눈빛이 서로의 마음을 읽어 냈다.

"종하!"

자신을 부르는 강율의 목소리에 종하가 강율을 위한 판을 펼쳤다. 맞닿은 마음처럼 세 개의 판이 맞닿았다.

산영이 추출하고 종하가 증폭한 강력한 힘이 강율의 온몸에 전해졌다. 강율이 맞은편에 서 있는 모이환을 쳐다보았다.

'저자가 사용하는 술법을 무너뜨리려면……'

순간, 아까 허공에서 떨어졌던 사람이 했던 말이 떠올랐다. 자신이 이곳을 지키고 있어야 다른 사람이 모이환의 술법에 걸릴 확률이 조금이라도 떨어진다는 이야기.

강율이 입을 열었다.

"손에 손 잡고 팔에 팔짱 끼고, 산에 산을 넘고 물에 물을 넘고!"

너른 판 안에 강율의 주문이 이어졌다.

"어깨에 손 올리고 어화둥둥 우리 함께 빙글빙글 돌면 늘어지는 그림자 몇 개인지 셀 수가 없어 좋구나. 사람 하나에 그림자 하나, 사람 둘에 다시 그림자가 넷, 다시 여섯, 다시 여덟……."

강율의 말에 따라, 판 안에 있던 다른 이들의 모습이 일렁이더니 곧 사방으로 찍어낸 것처럼 똑같이 생긴 사람들이 늘어났다. 그건 마치 여러 군데에서 빛을 쏘면 그림자가 많이 생기는 효과처럼 보였다.

"다시 열, 열둘, 열넷, 열여섯……."

이어지는 강율의 주문에 따라 만들어지는 그림자들도 점점 많아졌다.

미친 듯이 불어나는 사람들의 숫자에 모이환도, 김찬용도, 뒤에 서 있는 경시청의 순사들도 모두 얼굴이 굳었다.

산영이 외쳤다.

"다들 '이동'에 대항할 수 있는 술법을 다시 전개하시오! 지금 늘어난 사람의 숫자대로 술법 역시 배가 되어 저치의 술법을 막을 수 있소!"

그 말에 다들 놀란 얼굴이었다. 그저 눈속임용으로 그림자들을 만든 것만이 아니라 그림자들까지 술법을 똑같이 사용할 수 있도록 만든 거였다. 그건 혼자서 술법을 사용했을 때보다 최소 열여섯 배는 더 강한 술법을 사용할 수 있다는 의미였다.

"다들 주문을 외워!"

산영의 말이 떨어지자 곧 모이환의 입에서 신음이 흘러나왔다.

"윽······!"

자신이 연 판과 주문에 대항하는 많은 주문들이 몇 배나 더 힘을 얻은 채 모이환을 짓누르기 시작했다.

가온 학사생들의 그림자가 만드는 주문의 힘은 전부 종하가 증폭한 힘에서 나오는 거였다. 종하가 증폭한 힘을 모두가 나눠서 더 강력하게 사용하고 있는 셈이었다.

강율이 모이환을 쳐다보았다.

'어디까지 버틸 수 있겠소?'

그 눈빛은 모이환에게 그렇게 묻고 있었다. 증폭자인 종하가 있는 한, 이건 절대적 물량의 싸움이었다.

"……열여덟, 스물, 스물둘."

강율이 모이환을 노려본 채 주문을 계속해서 이어 갔다. 그러자 강율의 주문에 따라 더 많아진 그림자들이 다른 이들의 주문에 더욱 힘을 보탰다.

"스물 넷……."

거기까지 강율이 주문을 외웠을 때, 앞에서 버티고 있던 모이환이 무릎을 꿇으며 쓰러졌다. 바닥에 엎드린 모양새가 된 모이환이 덜덜 떨며 겨우 고개를 들곤 강율을 바라보았다.

"내가……, 내가 이깟 걸로……."

하지만 말은 이어지지 못했다. 컥컥거리는 소리와 함께 모이환의 입에서 피가 흘렀다.

"안 돼……."

모이환이 힘없이 중얼거렸다. 그러나 곧 모이환의 손에서 지팡이가 떨어졌다.

콰아앙!

모이환의 주문이 깨지자마자 그림자들로 몇 배가 더 커진 힘이 순간 폭발해 사방을 덮었다.

"으악!"

그 폭발에 김찬용을 비롯한 경시청의 순사들이 전부 날아가고 말았다.

일반인들은 이미 그 전에 학사생들이 보호 술법을 걸어놨기에 피해를 입지 않을 수 있었다.

"도, 도대체 이게 무슨……!"

바닥에 나뒹군 술사들은 가공할 만한 술법의 위력에 놀란 얼굴이었다. 여기서 도망치지 않으면 그다음은 없을 거라는 생각이 절로 드는 힘이었다.

김찬용이 피를 토한 채 쓰러진 모이환을 보았다. 누가 불렀는지 외신 기자들이 오는 게 보였다. 여기서 더 버텨 봤자 좋을 게 없을 것 같았다.

"퇴각한다!"

김찬용의 말에 나머지 사람들이 재빨리 움직였다. 김찬용은 쓰러진 모이환을 들쳐 메고는 그 뒤를 따랐다.

그 모습을 본 학사생들이 전부 환호성을 질렀다.

"이겼어!"

"우리가 저들을 물리친 거야!"

기뻐하는 사람들 사이로 산영과 강율이 종하를 향해 달려갔다. 산영이 종하를 와락 끌어안았다. 그러곤 종하의 머리를 마구 헝클어뜨렸다.

"올 줄 알았어! 다시 우리에게 올 줄 알았다고!"

"정말 미안해, 산영. 내가 그런……."

"그냥 아무 말 하지 말게. 우리에게는 지나간 시간보다 앞으로의 미래가 더 중요한 게 아닌가. 안 그래, 강율?"

뒤에서 둘을 쳐다보고 있던 강율도 당연하다는 듯 고개를 크게 끄덕이며 둘의 어깨를 감싸 안았다.

"자네가 누구인지, 어떤 피를 이었는지는 상관없어. 우리는 서로의 모든 걸 책임질 짝꿍이니까."

그 말에 종하가 그제야 안도의 숨을 내뱉었다.

"나도, 나도 그렇게 생각해. 언제까지고 자네들과 함께이고 싶어."

강율이 미소를 지으며 답했다.

"언제까지나 이렇게 같이 있자고. 서로 질릴 때까지 말이야."

"우리를 갈라놓을 수 있는 건 오로지 죽음뿐일세. 그러니 살아 있는 모든 나날들은 전부 자네들과 함께일 거야."

종하의 말에 셋이 서로의 손을 잡았다. 그 어떤 시련이 온다고 해도 이제 자신들을 갈라놓을 수 있는 건 없었다.

"각하."

총통의 얼굴을 알아본 군인이 고개를 숙였다.

"그래, 수고하는군."

군인이 조심스럽게 총통을 위해 지하 서고의 문을 열어 주었다. 안쪽 공기에는 비릿한 피 냄새가 감돌았다.

지하 서고는 아주 넓었다. 한쪽 벽에는 복잡한 도식이 적힌 종이가 빼곡하게 걸려 있었다. 그건 그동안 모이환과 친총통파 술사들이 실험한 흔적이었다.

"이제는 정말로 이것이 빛을 볼 차례라는 거지."

넓은 지하 서고의 중앙에는 사람 하나가 들어갈 만한 크기의 검은색 관이 하나 놓여 있었다. 그것을 바라보는 총통 김희원의 얼굴엔 묘한 긴장감과 기대가 감돌았다.

"모든 준비는 다 끝났다. 이제 남은 건……."

자신의 가온.

굳건할 것만 같던 가온 왕조를 무너뜨리고 꿈에 그리던 권력을 얻은 지도 오래였다. 이제 가온은 다음 단계를 향해 나아가야했다. 훨씬 더 멋진 미래를 향해서.

"그리고 그 미래를 위해서는 내가 꼭 필요하겠고."

총통이 관 옆에 놓인 얇은 책을 하나 집어 들었다. 1급 기밀이라는 붉은 도장이 찍힌 책 안에는 사람들의 이름과 사진, 특징과 실험 내용 등이 세세히 적혀 있었다. 총통이 천천히 책장을 넘겼다. 그리고 마지막 쪽. 거기에 적힌 이름은 '김산'이었다. 그 옆에는 '증폭자 발현 계획 24기'라고 함께 적혀 있었다. 총통이 책을 다시 덮었다.

"생각보다 길고 지루한 실험이었어."

증폭자가 가진 힘. 그것을 다른 방법으로 사용할 수만 있다면, 그야말로 획기적인 일이 아닐 수 없었다. 그러나 백 년에 한 번 나올까 말까 한 존재인 증폭자를 가지고 실험을 진행할 수는 없었다. 만약 실험이 진행되는 동안 증폭자가 죽기라도 한다면 돌이킬 수 없는 손해였으니까. 그래서 증폭자를 인위적으로 만들어 내는 실험을 먼저 진행했다.

"그리고 결국은 이렇게……."

총통의 주름진 손이 까만 관 위를 쓸었다.

"그동안 네가 잘 도망쳤다고 생각했겠지? 하지만 어쩌나. 그저 내가 너를 봐주고 있었다는 걸 깨닫는다면."

희미한 미소가 총통의 입가에 맴돌았다.

"지금쯤이면 아마 너희들이 성공했다고 여기고 있을 테지. 그러나……."

총통의 미소가 더욱 짙어졌다.

-3권에서 계속

"자네가 얼마나 대단한 술사인지는 충분히 들어서 알고 있거든.
이렇게 독이 든 차 한 잔으로 죽이기엔 너무 아깝지 않나?"(p.220)

"나에게는 짝꿍이 필요하지 않거든.
나 혼자만으로도 완벽한 술법을
구사할 수 있다는 이야기지." (p.277)

"내가 갈게.
　　너에게로." (p.296)

가온의 숲사들 2 여름은 저물고

1판 1쇄 찍음 2024년 8월 10일
1판 1쇄 펴냄 2024년 8월 20일

지은이 박에스더
그린이 먹는빵(박현정)
펴낸이 박상희
편집주간 박지은
편집 이재원
디자인 어나더페이퍼

펴낸곳 (주)비룡소 출판등록 1994. 3. 17 (제16-849호)
주소 06027 서울시 강남구 도산대로1길 62 강남출판문화센터 4층
전화 02)515-2000 팩스 02)515-2007
홈페이지 www.bir.co.kr
제품명 어린이용 반양장 도서
제조자명 (주)비룡소 **제조국명** 대한민국 **사용연령** 3세 이상

ISBN 978-89-491-4805-2 43810